蒼穹の虜
沙蘭は唇を噛みしめ、震えながら膝で歩き、寝台の枠飾りに手を突く。
そしてそろりと、男の顔の上に、腰を降ろしていった。

蒼《そう》穹《きゅう》の虜《とりこ》

高《たか》原《はら》いちか

ILLUSTRATION：幸《ゆき》村《むら》佳《か》苗《なえ》

蒼穹の虜

LYNX ROMANCE

CONTENTS

蒼穹の虜

沙蘭《さらん》。沙漠《さばく》に咲く蘭。現世《うつしよ》にはありえぬ、幻の花よ。

その姿をひと目見た時から、この美しい名を持つ美しい男が、欲しくて欲しくてたまらなかった——。


油皿にともる、小さな灯火《とうか》ひとつきりの暗闇に、香炉《こうろ》から細い煙が立ち昇る。

美しい絹地と、ふんだんな刺繍《ししゅう》に彩《いろど》られた美しい閨《ねや》には、色めいた喘《あえ》ぎ声と共に、腐熟《ふじゅく》したような濃い空気が醸《かも》されていた。

「あ、っ……あ、ああ……」

褥《しとね》に流れる髪は、闇よりも艶《つや》やかな闇色。わずかな灯火に映《は》えて輝くさまは、まさしく淫魔《いんま》のごとき妖《あや》しさだ。

深い緑色の玉の耳飾りを穿《うが》った、桃色の耳朶《じだ》を、俺は左右交互に、執拗《しつよう》に舐《な》め、食《は》んだ。

玉が深い輝きを放つ。

この美しく気高い男が、今は俺のものである証が——。

「もっ……や、めてっ……」

涙に濡れる瞳も、髪と同じく艶《つや》めく黒。こちらは晴れ渡り、星の輝く夜空だ。広い広い沙漠のただ中で夜営しながら、孤独に見上げる星空の色だ——。

「やめて……も、もう、ゆるして……お願い……っ」

乱れる髪、血潮《ちしお》の色に染まる、熱い絹色の肌——。

魅《み》せられる思いでなだらかな胸元に唇をつけ、あちらこちらを吸い、啄《ついば》むと、くっきりとくびれた腰が跳《は》ねる。砂丘のように優雅な首の稜線《りょうせん》を伝って胸板へ滑り降り、尖《とが》る乳首を口唇を使って愛撫すると、「ああっ」と哀しげな悲鳴が上がり、両腿が囚《とら》われの鹿のように空《くう》で悶《もだ》えた。

漂う青い香りは、俺とこの男が共に悦を極めた証《あかし》だ。この美しい男の後庭は、今夜すでに一度、俺の精を受けて妖しく開花している。

ぴちゃぴちゃと、淫《みだ》らな水音が立つ。

「あ……あ……」

濃厚な愛撫を施されながらも、再び犯されることを予感しているのだろう。悶える仕草に、慄《おのの》きが混じっているのがわかる。

怯《おび》え、怖れているのだ。

犯される苦痛と屈辱《くつじょく》を、ではない。否応《いやおう》なく快楽に溺《おぼ》れさせられることを、だ……。

「いや、だ……」

その言葉が、決して情事そのものを拒むものではないことは承知の上で、俺は嘲笑《ちょうしょう》した。

「嘘つきだな」

慄きながらも勃《た》ちあがっている性器の先端を爪で苛《いじ》めてやりながら、責める。

「嫌だと言いながら、これは何だ？　さっきからずっと勃ちっぱなしにして……。物欲しそうに涎《よだれ》まで垂らして、俺の腹を濡らしているぞ」

「違、っ……！」

「感じているんだろう？」

先端の小さな窄《すぼ》まりを潰すように爪を立てると、ぶちゅりと音を立てて粘液《ねんえき》が盛り上がってくる。恥じ入ったように紅《あか》く染まる顔を背ける仕草が、得《え》も言われず愛しくて——腰の奥が疼《うず》く。

——この男は知っているのだろうか？

大きく広がる葡萄《ぶどう》の木かげで出会った、あの日あの時から、俺が臓腑《ぞうふ》の捩《よじ》れるような飢えを抱え続けていることを。

こうして、幾度犯して征服し、快楽に酔わせても、少しも満たされない地獄のような飢えに苦しみ抜いていることを。

それとも、俺の想いなど、本当にほんの欠片《かけら》も気づいていないのだろうか——？

あるいは、気づいていながら、無視し、拒絶して、俺の存在を心から追い払っているのか——？

「言え」

精を零している孔に指を突き立てると、高い悲鳴が上がる。

「俺を欲しいと言え」

柔らかく蕩《とろ》ける粘膜をいじり回しながら、命じる。

「その唇で、言うんだ。この火竜《かりゅう》を欲しいと。俺に抱かれて、犯されるのが嬉しいと——」

中をなぶる指に翻弄されて、黒髪が、褥の上を蛇のようにうねる。

「沙蘭」

痛々しく悶える美しい顔を、頤《おとがい》を摑んで向き直らせる。

「言え」

「い……」

美しい唇が、震えながら動こうとするさまを、俺はじっと凝視する。

ある期待を込めて。

だが、その美しい唇が吐き出したのは——。

「い……らない……」

か細く掠《かす》れる呻き……。

「あ……なた、など……ほしく、な、い……！」

心臓を断ち割る、鉈《なた》のひと振りのような残忍な言葉——。

刹那、息が止まる。

「そうか……お前は、そんなに俺のことが嫌いか——」

くつくつくつ、と腹の中の何かが、のたうつように痙攣《けいれん》する。

「いい覚悟だな、沙蘭」

すんなりと長い脚を抱え直して、告げる。

「この体勢で、今まさに自分を犯している男に逆らうとは——」

「……っ」

さすがに顔色を変え、だがなおも唇を引き結んで、あくまで屈することを拒む顔に、臓腑がたぎるような復讐心が湧《わ》きあがる。

「……思い知らせてやる」

お前に思い知らせてやる、美しい、だが残酷な沙蘭。遠い昔からの、俺の――。

「この火竜を怒らせることが、どれほど怖ろしいか」

充溢《じゅういつ》した己れの逸物を、腫《は》れ潤んだ入口に突きつける。

「お前の血肉に、刻み付けてやる――!」

油の尽きた灯火が、ふっ、と消える。

そして――。

暗闇の中に、引き裂かれるような悲鳴が響き渡った。

——その地は。

天はどこまでも青く、山脈は白い雪を頂き、草原の道は細々と、だが長く東西を結んで確実に続く。

大海原のように広がる沙漠は、命ある者を厳しく拒み、だが人々は馬で、時には駱駝《らくだ》を用いて商隊を組み、荷駄と共に悠々と渡ってゆく。

沙海《さかい》地方と呼ばれる、東西交易の路《みち》ぞいには、小さな、だが華やかに繁栄した都市国家が、いくつも点在していた。


それは、庭を天蓋《てんがい》のように覆う葡萄の葉がゆったりと大きく育ち、だがその色合いは、まだ若く瑞々《みずみず》しい季節のことだった。

沙蘭は、その年十歳。一族の習いによって元服を済ませ、ようやく大人たちの宴《うたげ》に参加する資格を得たばかりだった。まずはお披露目《ひろめ》を、という意味で、まだ寸の足りない体に重々しい晴れ着をまとい、金銀に宝石をあしらった装身具までつけて、自邸に集まった貴族や高位武将たちの前に連れ出されたのだ。

——おお、あれが噂《うわさ》の宰相《さいしょう》家のご嫡孫《ちゃくそん》でございますか……。

——ほう、美々しい少年ではないか。漆黒の髪に黒曜石《こくようせき》の瞳、絹色の肌——。今どきこの辺りで、胡人《こじん》の血を感じぬ容貌とは珍しい……。

——確かご生母は、華人《かじん》の姫でいらしたとか……。

——うむ、儂《わし》は一度、お姿を遠目に拝したことがある。艶やかな黒髪を豊かに結い上げられた、それは美しい婦人であられたのだがな、惜しいことに……。

父に付き添われ、言われるままに賓客《ひんきゃく》たちに礼を払いながら、沙蘭はひそひそと囁き交わされる声から懸命に意識を逸《そ》らした。

（嫌だ、母のことを言われるのは……）

低頭しつつ、苦い思いで目を閉じる。顔も知らない生みの母について、他人からあれこれ言われる不快さは、何度経験しても慣れることがない。

胡人、とはここ沙海地方よりもさらに西の地に住まう人々のことだ。その肌色は血色が透けて赤み、鼻梁《びりょう》は高く、紅毛碧眼《こうもうへきがん》が多いとされる。

対して東に広がる華《か》帝国の民は、癖のない漆黒の髪と同じ色の瞳を持ち、肌色はやや卵黄色を帯びている。この両地域を結ぶ沙海の民は、早くから混血化が進み、親子兄弟であっても、瞳や髪、肌の色など、容貌の特徴を異にする者が多かった。東の血が濃い沙蘭は、その中でも極端な一例で、祖父とも父とも明らかに人種が違う。人目につくのはやむを得なかった。

ふう、とため息が漏れる。とりあえず今、母の血についてあれこれと詮索《せんさく》されること以上につらいのは——。

（お腹空いたなぁ……）

背後の庭から漂ってくる料理の匂いに、胃袋がきゅうと縮む。今朝、身支度をしながら「長丁場になりますから」と侍女たちに食事を勧められたのだが、その時は緊張のあまり、何も喉を通らなかったのだ。

（こんなことなら、無理をしてでも少し食べておけばよかった……）

葡萄のつるを這わせた広大な棚《たな》の下には、すでに各種の料理が万全の品ぞろえで並べられている。羊肉の串焼きに、腸詰め。野菜と肉のスープで炊き込んだ米料理。ひき肉を小麦の皮で包んで蒸した饅頭《マントウ》。西瓜《すいか》や柘榴《ざくろ》などの瑞々しい果物に、くるみや干し棗《なつめ》、杏《あんず》などの木の実。そして練った小麦粉を油で揚げ、甘い砂糖衣を絡ませた菓子……どれも沙蘭の大好物だ。

だが沙海地域の宴の作法上、招待側の人間が飲食することは許されない。料理はあくまで、賓客たちのためのものだ。沙蘭が切ない思いでこくりと喉を鳴らした、その時のことだった。

「おお、これは盛大な宴だ！　さすがは沙海随一の富国、天蘭《てんらん》の宰相家だな！」

場違いな大声と共に、奇妙な風体の若い男が、砂塵《さじん》まみれの乗馬靴でずかずかと邸内に踏み入ってきた。沙蘭も、沙蘭の父や祖父母も、賓客たちも同時にぎょっと目を瞠《みは》っている。

その男は、すでに少年ではなく、「若者」と言うべき身の丈だった。年のころは十八から二〇というところだろう。髪色はありがちな濃い栗色だが、双眸《そうぼう》は快晴の空のように青い。鼻筋の通った顔立ちは、どちらかと言えば東の血に近いだろうか。肌は、育ちのいい者にはあり得ない、強い陽《ひ》に焼けた赤銅色。

だが何より賓客たちの眉を顰《ひそ》めさせたのは、そのなりだ。少し癖のある頭髪に乱暴に巻きつけた布も、身を覆う短衣も、元は華麗な色彩であったろうものが、色褪《いろあ》せや砂ぼこりで見るも無残な襤褸《ボロ》となっている。おまけに帯代わりに腰に巻いているのは、どう見てもただの縄だ。

とてものこと、貴顕《きけん》の家を訪ねる風体ではない。まして貴人たちの集う祝いの席に——。

(何だろう？　この人は——)

驚いて立ち尽くす沙蘭を、父が男の目から遮るように背後に庇った。

「これは、月弓国《げっきゅうこく》の火竜公子。わざわざのお運び、痛み入ります」

「やあ、宰相嗣子《しし》の江蘭《こうらん》どの」

若者がにやりと笑いつつ一礼する。秀麗と言っていい顔立ちに似合わぬ、人を喰った笑み。

「このようにむさくるしい格好での訪問、許されよ。何しろ弱小国からの貢献の身ゆえ、常に手元不如意《ふにょい》でございますれば」

慇懃無礼《いんぎんぶれい》の見本のような口調で、しゃあしゃあと告げる若者に、沙蘭の周囲からひそひそ声が上がった。

——あれが噂の、月弓国のたわけ公子か。何年か前に、我が国との盟約の証として差し出されたという……。

——おお、貢献使などと言えば聞こえはよいがの、要は人質よ。月弓国が我が国に楯《たて》つかぬようにするための、な。

人々の陰口を聞きながら、沙蘭は父の背後からそろりと顔を覗《のぞ》かせた。

(この人が、公子——？)

公子とはつまり、王族の子弟という意味だ。確かに大小の都市国家がひしめくこの沙海南路で、月弓国は水利に恵まれず、今では事実上この天蘭の従属国となって、やっと体裁を保っているような貧乏国だった。しかし曲りなりにも一国家の王族ならば、人から借り着をしてでも、それなりに身なりを整えて来るものだ。

それを、あえてこのようなみすぼらしいなりで現れたのは、おそらく――。

(嫌がらせだ――)

沙蘭は口には出さなかったものの、少なからず不愉快になった。今日は一生一度の元服の披露目だというのに、どうしてよりによって、こんな無礼者が乱入してくるのだ……。

「ああ、いい匂いだな」

それなのにその無礼者は、沙蘭などには目もくれず、つかつかと庭の方へ向かってゆく。そしていきなり、皿に盛った串焼きに手を延ばし、がぶりとかぶりついた。

「うまい！　これは華国風の味付けか。新鮮な肉に、高価な香辛料を惜しげもなく使ってある。さすがは強国・天蘭の宰相家だけのことはあるな」

満座の来客は、もう言葉もない。つまみ出そうにも、一応は王族であるこの若者は、この場の誰よりも身分が上で、手出しができないのだ。火竜のほうも、それを承知の上で傍若無人《ぼうじゃくぶじん》に振る舞っているのである。

父の江蘭が、ふぅ……と肩を落としながら従僕《じゅうぼく》に目配せする。忌々《いまいま》しいが、仕方がない。さっさと酒と食事で満足させて、少しでも早くお引き取り願え――というところだろうか。心得た従僕が、一礼して引き下がる。

「いやぁ、うまいうまい。こんなうまい肉料理を喰ったのは、何ヶ月ぶりだろう！」

はははは、と底抜けに明るい声が響き渡る。沙蘭は胃袋がキュウと切なく鳴くのを我慢しながら、また新しくやってきた客に一礼しなくてはならなかった。


東の華帝国、西の胡国に挟まれた沙海地域は、文字通りの沙《すな》の海である大沙海を間に、南路と北路とに分かれている。

路、と呼ぶのは、それぞれが東西両大国を結ぶ回廊として機能しているためだ。沙漠の暑熱と乾燥を避けられる水利のよい土地を結ぶ、人々が行き来する回廊――すなわち、東西交易路である。

南北それぞれの回廊は、古くより水の得られる土地ごとに小さな都市国家を形成し、富と覇《は》を競っていた。

昌海《しょうかい》と呼ばれる大湖に面した天蘭国は、南路国家群の中では、もっとも強大に富み栄《さか》えた国だった。

沙蘭の生まれた宰相家は、その王家の親戚筋にあたり、代々国王を補佐する役職を世襲している。現在の宰相は沙蘭の祖父で、いずれは父が、そして次には沙蘭自身が、その地位に就《つ》くことになるだろう。

だから、たかだか十歳の少年の元服の披露目が、これほど盛大に行われるのである。沙蘭のためにではなく、宰相家の威信を示すために――だ。

庭を見渡す露台《ろだい》の席に、つくねんと座らされながら、沙蘭はつい、ふう……とため息をつく。祝宴も半《なか》ばを過ぎて、酒も料理も菓子も、ずいぶんと目減りしていた。満腹して気だるげな賓客たちは、あちらこちらで小さな集団を作り、おしゃべりに花を咲かせている。

(この分じゃ、お開きになるのはまだ先だろうな……)

ご馳走はもう諦《あきら》めるから、そろそろ房《へや》に引っ込んではいけないだろうか。父か祖父の姿を捜して、きょろきょろと周囲を見回した沙蘭は、ゆうに十名は超えるだろう来客たちの向こうに、父の姿を見つけた。沙蘭とも顔なじみの重臣のひとりと、何やら難しい顔で話し込んでいる。

「父さま……!」

沙蘭の呼ぶ声に、だが父は反応しない。宴席でそれ以上の大声を出すわけにもいかず、沙蘭は思い切って席を立ち、露台から駆け下りた。

「父さま、父さま……!」

賓客たちは、すでに宴の主役である沙蘭への関心を失い、噂話や情報交換に夢中で、見とがめる者は誰もいない。そんな大人たちの体の間をすり抜け、時には押し潰されそうになりながら、あちらへ、こちらへと押されるままに彷徨う。

そして群衆の塊《かたまり》からやっと抜け出た沙蘭は、次の瞬間「あれ?」と周囲を見回した。

「おかしいな……どうしてこんなところに出ちゃったんだろう」

小さな噴水と葡萄棚を備えたそこは、宰相家の裏庭だった。来客をもてなすための「表庭」とは別に、家族たちが私的な時間を過ごすための、ごく小規模な――と言っても、ゆうに庶民階級の家の三倍はある——空間だ。今は宴席の世話をする侍女や従者たちが建物に出入りする通路として解放してあるが、礼儀を心得た賓客たちは、決して立ち入ろうとしない。

「困ったな……」

沙蘭はひとりごちて、人垣の前まで引き返し、ぽんぽんと毬《まり》のように跳ねて、人々の向こうに父の姿を捜そうとした。だが、どんなに力いっぱい跳ねても、十歳の少年に稼げる高さなどたかが知れている。おまけに今日は、全身を重い正装に包んでいるのだ。

「……しょうがない。大回りになっちゃうけど……」

再びくるりと身をひるがえし、駆け出す。大回りになるが、屋敷の裏手を迂回《うかい》して、表庭の反対側に出よう。姿がないことを来客に気づかれては、父や祖父にこっぴどく叱られてしまう。

駆け出すと、全身の装身具がしゃらしゃらと音を立てる。宰相家の財力を示す贅沢な品々は、だが今の沙蘭には重くて邪魔なだけだ。

「もう……女の子じゃあるまいし、こんなに色々つけさせなくても——」

思わず足を止めて、愚痴《ぐち》る。

その眼前に、何か小さく軽いものが落ちてきたのは、その時だった。

「あ、痛っ」

こつん、と眉間に当たったそれは、虫の羽ばたきのような音を立てて地面に転がった。

見ればそれは、木の串に本物の虫の羽ほどに薄く削った木の羽をつけたものだった。形はどこか、水面を渡るとんぼに似ている。

「何だ、これ……？」

思わず取り上げて、しげしげと眺めていると、

「飛車《ひしゃ》さ」

くすくすと笑いながら、若い男が建物の陰から登場する。その姿を見て、沙蘭は「うわ」という嫌悪の声を、かろうじて呑《の》み込んだ。

「火竜公子——」

あの招かれざる客人だ。いつの間にか宴席から姿が消えたなと思っていたら、こんなところに——。

「まあ、そんな顔するなよ」

沙蘭の顔つきを見て、肩を竦《すく》める。

「宴席のくだらん長話に付き合わされるのが嫌で、逃げ出してきたのはお互い様だ」

「に、逃げ出してきたわけじゃ——」

「それ、面白いだろ」

沙蘭の手にある玩具《がんぐ》を指さして、火竜はにやりと笑った。

「華の国の商人からもらったんだ。こんな木端《こっぱ》を削っただけのものが、虫みたいに空を飛ぶ。凄いと思わないか」

「……」

「ほら、もう一回飛ばして見せてやるから寄越せ。いいか、こう、こうして根本に糸を巻きつけてな……」

飛車とは華帝国における呼び名で、もっと東の、海の彼方《かなた》の国では「竹とんぼ」と言うのだ、と説明しつつ、火竜は小さな筒に通した木串に、くるくると糸を巻きつけていく。糸は筒を横に貫通していて、巻きつけられた串は筒の中に納まった。

沙蘭は思わずその手元を注視してしまう。これをどうしたら、こんな木片細工が空を飛ぶのだろう？

「いいか、よく見てろよ。せーの……そらっ！」

火竜は筒から出た糸を、思い切り引っ張った。すると筒の中で木串が回転し、とんぼの羽が空を切って飛び上がる。

「わぁっ！」

沙蘭は仰《の》け反るように顎を上げた。その視線の先で、ささやかな木端細工はまるで命を持ったように飛び回り、だがやがて回転が止まってゆくにつれて高度を失い、数秒間の飛行を終えて落下した。地面に敷き詰めた石畳《いしだたみ》に転がり、カラカラと音を立てる。

「面白いだろ？　もう一回見たいか？　それとも自分で飛ばしてみるか？」

火竜は沙蘭の顔の前で、思わせぶりに拾った飛車をちらつかせる。沙蘭はその思惑にまんまとはまり、勢いよく「はい！」と頷《うなず》いてしまった。

火竜がにやり、と笑う。

「よーし、じゃあやってみろ。巻き方はさっき見てたからわかるだろ？　……いや、そうじゃない。そんなぐちゃぐちゃじゃ筒の中で糸が絡まってしまう。ほら、上から順序よくきっちり、こう、こう、こうだ」

「う、うーん……こう、ですか？」

「違うって。不器用な奴だな。片方の糸を止めておかないと、巻き方が緩《ゆる》くなるだろ。ほらここを左の親指で押さえて……」

いつの間にか、沙蘭の幼い体は火竜の腕の中にすっぽりと納まっていた。背後から抱え込まれるようにして、糸の巻き方を教えられながら、沙蘭はこの小汚い格好の公子の体から、思いがけずよい匂いが漂うことに気づく。

(白檀《びゃくだん》……？　いやこれは、沈香《じんこう》……？)

どちらも遠く南の国で産出される香木《こうぼく》だが、栽培が可能な白檀に比べ、沈香はごくまれにしか採取されず、値段も桁《けた》違いに高い。ずいぶんと身なりに合わないものを使っているのだな……と沙蘭は訝《いぶか》しく思う。いやそれ以前に、こんな甘い香りは、普通は女性が使うものなのでは……。

「ほら、できたぞ」

やや強めに、どん、と後ろ肩を叩かれて、沙蘭はハッとする。かぐわしい香りに魅了されて、少しぼんやりしていたようだ。

「こう、左手で筒をまっすぐ垂直に持って、右手で一気に、グッと引くんだ。思い切ってグッとな。やってみろ」

「は、はい……えいっ！」

沙蘭が糸を引くと、再び筒の中で木串が回転し、先ほど火竜がやった時と同じように、木のとんぼが飛び出す。

だがやはり、火竜に比べて力が足りなかったのか、飛車はふわりと浮き上がるようには飛ばず、すぐにもがくように石畳の上に転がり落ちてしまった。「ああ……」と落胆する沙蘭の肩を、火竜が笑ってぽんぽんと叩く。

「初めてじゃ、筒から飛び出しただけでも上出来だ。何度も練習しなけりゃ、なかなかこう、生き物みたいにふわっとは飛ばないさ」

「そう、ですか……」

あからさまに落胆《らくたん》する沙蘭の顔を見て、火竜はくすくすと笑った。

「お前、お勉強とか楽《がく》とかは、何でもひと通り器用にできるほうなんだろ」

言葉とは裏腹に、微妙に褒《ほ》めていない、むしろ揶揄《やゆ》するような口調で、火竜が告げる。沙蘭がムッとしつつ、何も言い返せずに立ち尽くしていると、異国の公子は「賓客どもが噂してたぜ」と情報源を明かした。

「美々しいだけじゃなく、宰相家の跡取りに相応《ふさわ》しい、よくできる英明なお子だって——まあ、そういう奴に限って、こういうカンとか手加減とかが必要なことは苦手なもんさ」

火竜は腰を屈《かが》めて飛車を拾い、「やるよ」と沙蘭の手に押しつける。「えっ、でも」と困惑する沙蘭に、不埒《ふらち》な公子は歯を見せて笑った。

「遠慮するな。こんなものはその辺で木端を拾えばいくらでも作れるし——現に町のガキらには、もうずいぶん作ってやったからな」

「……っ」

「何だ、俺みたいな礼儀知らずから物をもらったと知れたら、親父《おやじ》や祖父《じい》さんに叱《しか》られるのか？」

あっさり考えを読まれて、沙蘭は驚く。先ほどから時々会話を先回りされて、何だかやりにくい人だな、と感じてはいたが、どうやらこの青年は、人一倍頭の回転が早いらしい。

賢明、というよりは、ずる賢い、という感じではあるが――。

警戒心を解けずにいる沙蘭の表情に、何か感じるものがあったのだろうか。若者はややばつが悪げに苦笑し、頭を掻いた。

「悪かったな、お前の一生一度の元服祝いに、こんな格好で来ちまって」

「……」

「どうせ威張《いば》りくさった大尽《だいじん》と、その鼻持ちならないお坊ちゃまだろう。飲み食いをたかるついでに、ちょっと嫌がらせしてやれ……って思ってたんだが……」

火竜は沙蘭と目の高さを合わせるように屈み込み、指を伸ばして、沙蘭の頬に触れてくる。

「お前、すごい美人だな。一瞬、お姫様が男装してるのかと思ったぞ」

「び、美人って……！　ぼくは男です！」

「気に入った」

例によって沙蘭の抗議など耳に入れず、貧乏国の公子はにやり、と笑う。

「お前を気に入ったぞ、沙蘭」

勝手に宣言されて、沙蘭は戸惑《とまど》うばかりだ。その鼻先に、ひとつの布包みが突き出される。

「食えよ」

結び目を解かれた布の中から現れたのは、呆《あき》れたことに宴席に出された饅頭や串焼き、平たいパン、さらには各種の果物だ。どうやら、こっそり包んで持ち帰るつもりだったらしい。沙蘭は呆れた。これが仮にも一国の公子のやることか――。

ところが当の火竜は、沙蘭の軽蔑《けいべつ》の眼など気にも留めず、得意げに満面の笑みを浮かべている。

「あんなご馳走を前にして、ずっとお預けなんて切ないだろ。まだ当分お開きになりそうにないし、ここで腹ごしらえして行け」

「け……」

結構です、と言いかけた時、本人の意思を裏切って、胃袋がキュウと鳴き声を上げた。

「……！」

袖で口元を覆い、顔を赤らめる沙蘭を見て、また火竜がくつくつと笑う。

「かわいいな、お前。取って食ってしまいたくなるほどだ」

「公子！」

「ほら、早く食わないと見つかるぞ。今ここで食いはぐれたら、もう夜までメシ抜きだろう。実際問題、我慢できるのか？」

「……ッ」

そう言われて、即拒否できなかった時点で、沙蘭の敗《ま》けだった。

父や祖父に叱られる、という恐怖心と、育ち盛りの食欲の間で逡巡《しゅんじゅん》した沙蘭は、だが結局眼前に差し出される饅頭の誘惑に勝てなかった。白く美味《おい》しそうに蒸し上がったそれを手を伸ばして取り、それでも立ち食いは行儀《ぎょうぎ》が悪いと躾《しつ》けられている通りに、露台の片隅に腰を降ろしてから、ふくふくと膨《ふく》らんだ皮にかぶりつく。

(お、おいしい――！)

染《し》み出る肉汁を、ひと口味わったが最後だ。もう我慢は利かないとばかり、たちまちひとつを平らげ、次の饅頭に手を伸ばす。

「よしよし、沢山食えよ」

火竜はそんな沙蘭の横に座り込んで、頭髪を撫《な》でてくる。ぽんぽんと二、三度頭を叩いたその手が、一瞬驚いたように止まり、次には頭蓋《ずがい》をするりと撫で降ろしてきた。

「……綺麗《きれい》な髪だな」

ため息混じりに、賞賛される。

「癖がなくて、まっすぐで……華の国から来た妓女《ぎじょ》の雲鬢《うんびん》も、これほど見事じゃなかった」

妓女とは酒場などで歌舞音曲《かぶおんぎょく》を披露《ひろう》する女のことだ。そんな卑賤《ひせん》の者と比べないでくれ！　と勢い込んで抗議しかけて、沙蘭は「むぐっ？」と目を白黒させる。

「け……けほっ」

「おいおい、大丈夫か？」

火竜がどんどん、と背を叩いてくる。「そら」と差し出されたのは、羊の胃袋でできた水筒だ。受け取ってくいっと飲み干し、今度は「げほっ」とむせ返る。

喉が焼けるような感触。濃い葡萄の香り――。

「お、お酒じゃないですかこれ……！」

「そうさ。お前の家はさすがに葡萄酒もいいのを用意しているな」

火竜はしれっと言ったが、沙蘭は若者を睨《にら》みつけた。どれほど盛大な祝宴でも、あるいは内輪のささやかな祝い事であっても、昼間から客に酒を出す家はない。出されるのは日が落ちてからで、それまでは厨房《ちゅうぼう》の涼しい場所に置いておくものだ。つまりこの不届者は、宰相家の厨房にもぐり込んで……。

「怒るなって。綺麗な顔が台無しだぞ」

くくっと喉を鳴らして笑う火竜に、沙蘭は水筒を押し返しながら、「だからぼくは男で……！」と怒鳴りつけようとする。だがその口元を、若者の指がぐいと拭《ぬぐ》った。

「肉のタレがついてる」

「えっ」

「ほら、こっちも」

息を呑む間もなく、火竜の顔が近づいてくる。焦点がぼやけた次の瞬間、右の頬に生温かい感触が走った。

ぺろり、と唇の端を撫でたそれが、火竜の舌先だと気づいたのは、一瞬の後。

「……！　……っ！」

あまりのことに沙蘭は絶句し、声も出せないまま、その場に手を突いて後ずさる。

「な、な、な」

「何を驚いているんだ？」

ぺろり、と自分の親指を舐めながら、火竜がわざとらしく首をかしげる。

「綺麗にしてやっただけだろう？　そのままじゃ、どこかでつまみ食いしたってすぐバレてしまうからな」

「……ッ！」

沙蘭は怒髪天《どはってん》を衝《つ》くのを感じた。いくら子供でも、他人の舌に肌を許すことの意味くらいわかっている。こんな戯言《ざれごと》で誤魔化そうとするなんて、馬鹿にするにもほどがある！

「あ、あなたはっ！」

「……公子……公子っ」

だが沙蘭の激憤は、またしても出ばなを挫《くじ》かれてしまった。押し殺した、だが充分にふたりの耳に届く若い声が、そびえ立つ塀《へい》の上から聞こえたからだ。

沙蘭と火竜は、同時に同じ方向を仰《あお》ぎ見る。塀の上から、ターバンを巻いた頭がひょこりと覗いていた。

沙海地域にはありがちな、赤みがかった茶色の髪と瞳を持つその人物は、火竜と同じくらいの年ごろらしかった。どちらかと言えば東の血が濃い平坦で平凡な顔立ちで、特徴と言えば、どこか水辺に生える葦《あし》のような、ひょろりとした体型くらいだろうか。

「なかなか出て来ないと思ったら……。何呑気《のんき》にナンパなんかしてんですか」

くっつける。


「天風《てんぷう》か」

火竜は得意げににやりと笑う。そしてあろうことか、沙蘭の肩を引き寄せ、親しげに頬をぺたりと
「紹介しておく。俺の未来の花嫁だ」

「な――」

沙蘭の驚愕《きょうがく》も、火竜は例によってしらりと受け流す。

「花ならまだ三分咲きって風情だが、嫁にもらって毎日寝台で可愛がれば、いずれは三国一の――」

「馬鹿なこと言ってないで、ブツを早く寄越して下さい。ちゃんと手に入ったんでしょうね？」

火竜の戯言をばっさり切り捨てて、天風と呼ばれた男はくれくれという風に掌を振る。

それに「ああ」と応じた火竜が掲げて見せたのは、円《まる》い座布団を積み重ねたような大きな布包みだ。

「昨日焼いた、食べ頃のパンだ。厨房に積んであったのを、ひと山頂いて来た」

「……」

沙蘭はもう、口を開いたまま啞然《あぜん》とするしかない。これでは完全に盗賊だ。

「そんな顔するなよ」

それなのに火竜は、沙蘭の顔を見て、悪びれた風もなく笑う。

「お前の家、金持ちなんだろう。だったらパンくらい気前よく振る舞うものだぞ」

「そ、そういう問題じゃ……！」

「悪いが大目に見てくれ」

突然、火竜の顔に真剣な色が浮かび、沙蘭はつい口を噤《つぐ》んだ。真面目《まじめ》な顔をすれば、この若者はこれほど秀麗な顔をしているのか――。

「俺と天風《アイツ》だけじゃない。俺に食い扶持《ぶち》を縋《すが》っている連中が沢山いて、ちょっとでも奴らの腹を満たしてやらないといけないんだ」

「……」

「公子、そろそろ行かないと」

天風の促《うなが》しに、火竜が目をやりながら「そうだな」と頷き、再度沙蘭を見る。

雲ひとつない青天――蒼穹のような瞳孔《どうこう》に、沙蘭の顔が映《うつ》っている。

――なんて青い瞳……。

瞳の中に吸い込まれそうな感覚に捕らわれた沙蘭に、火竜は告げた。

「俺を忘れるな、沙蘭」

「……」

「今日よりは、常に俺を想え。朝も昼も、夢寐《むび》の間にも、俺のことを想わぬ日はないようにしろ」

呪言《じゅごん》のような響きの言葉を紡いだ唇が、眉間に降りてくる。

ちゅっ……と音を立てるそれを、沙蘭は身じろぎもできないままに受け入れてしまった。

かっ……と頬が熱くなる。

「ではな沙蘭！　また会おう！」

そして火竜は、天風の手を借りて土煉瓦《つちれんが》の塀の上に引き揚げられるや、包みを抱えたまますするりと塀の向こうへ消えた。

額を押さえたまま、くらくらとめまいに揺れる沙蘭を、ひとり葡萄棚の下に残して――。

「……」

ぽつねんと残された沙蘭は、ただ二人の若者が消えて行った塀を見上げるばかりだ。

(――つむじ風みたいな人たちだ……)

断りもなく突然にやってきて、人をからかい、いたずらをして困らせ、何もかもを引き攫《さら》って、また去っていく。

山脈のふもとに細々と伸びる草原の道をゆく商隊を、襲い惑わせるつむじ風そのものだ――。

「こらっ、沙蘭！」

茫然《ぼうぜん》と魂が抜けていたところにいきなり背後から怒鳴られて、沙蘭は文字通り飛び上がった。じゃらんと装身具を鳴らして着地し、恐る恐る振り向いて、「ち、父上」と怯えた声で呟く。

「こんなところで何をしている！　勝手に宴の席を抜け出しおって！」

「も、申し訳ありません！」

「お前はこの宰相家の跡取りなんだぞ！　賓客の方々に侮《あなど》られぬよう、終始堂々と座っておれと命じただろう！」

ずんずんと近づいてきた父が、沙蘭の顔を覗き込んで「うん？」と不審げな顔をする。

「沙蘭、まさかお前――酒を飲んだのか？」

「っ、いえ、これは、その――！」

沙蘭は思わず身を退《しりぞ》いて、口元を袖で覆った。とっさに「飲んでない」と言えないのが、躾のいい名門子弟ゆえの沙蘭の弱点だ。

――火竜公子に飲まされて。

そう言い訳しようとした沙蘭は、だがふと躊躇した。火竜とのいきさつを喋れば、大事な跡取り息子に酒を飲まされたと知った父は、さすがに激怒して火竜と天風を追跡するかもしれない。そうなったら、ふたりが厨房からパンを持ち出したこともバレてしまう――。

――俺に食い扶持を縋っている連中が沢山いて、ちょっとでも奴らの腹を満たしてやらないといけないんだ……。

あの言葉は、たぶん嘘ではない。沙蘭は直感的にそう思った。火竜の身辺に、大勢の無頼者《ぶらいもの》が群れているという噂は知っていたし、その中には食うにも困る境遇の者も、当然いるだろう。

――悪いが、大目に見てくれ。

「……申し訳ありません、父上」

青い瞳で見つめられながらかけられた言葉に、沙蘭はいつしか魔法にかけられたように従っていた。

「その――どうしても我慢できないくらい喉が渇いてしまって……厨房を覗いたら、皮袋の水筒があって、てっきり水だと思って飲んだらそれが葡萄酒で……」

しどろもどろに言い訳する息子に、父はふんと鼻を鳴らした。びくんと震えた沙蘭だが、次に発せられた父の言葉は、意外にやさしいものだった。

「まあ、お前も今朝から飲まず食わずだったからな。今時分の季節に、空腹はともかく喉の渇きを我慢させるのは哀れだったかもしれん」

「……お許し下さい」

「もういい。早く席に戻れ。お客様がそろそろ気づいて噂し始めている」

「はい」

踵《きびす》を返した父の大きな背を追って歩き出そうとして、沙蘭は足元に転がるものに気づく。

——飛車……？

沙蘭はとっさに拾い上げ、晴れ着の袖の中に隠した。父に見つかれば、宰相家の嫡孫がそんな下々の玩具で遊ぶなと叱られるし、火竜にもらったと知れれば、さらに火に油だろう。

（あとで見つからないところに隠さなくちゃ……）

そっと、袖の膨らみを掌で押さえる。

沙蘭はだが、そんな行動をした自分が不思議だった。これまでの自分ならば、父や祖父に嘘をついたり、隠し事をするなど、夢にも思わなかっただろう。それなのに今は、出会ったばかりの火竜を庇って嘘をつき、火竜からもらった飛車を取り上げられたくない一心で、大事に隠している——。

（……あの人を好きになったわけじゃないのに——）

むしろ火竜に対しては、警戒心や怒りのほうが強い。何だかわけがわからないうちに人を巻き込み、懐柔《かいじゅう》し、振り回すような言動には好意を持てないし、単純に腹も立つ。それに、あの青すぎる瞳には、何か得体の知れないものが潜んでいるような気がして、怖い——。

——俺を忘れるな、沙蘭。

――今日よりは、常に俺を想え。朝も昼も、夢寐の間にも、俺のことを想わぬ日はないようにしろ……。

頬が熱い。

だが沙蘭はそれを、初めて口にした葡萄酒のせいだと思い込むことにした。そうでなければ困る。なぜだかわからないが、とにかく困るのだ。

(困る――)

少女のように柔らかな唇を、沙蘭はきつく嚙みしめた。


天蘭国の市街を縦横無尽に走る路は、その国富を見せつけるかのように美しく整備され、左右には細い水路が走り、砂塵を防ぐための胡楊《ポプラ》の並木が、延々と植えられている。

人々が行き交うその路上に、白昼、女の悲鳴が響き渡ったのは、宰相家で御曹司《おんぞうし》の元服祝いの宴が催された、数日後のことだった。

悲鳴と重なり合うように轟《とどろ》く馬蹄《ばてい》の音に、通行人たちが皆、何事かと足を止める。

「何だ?」

振り向いた沙蘭の体を、お供の老僕が「こちらへ」と道の脇に庇う。この日、宰相家の嫡孫は、先日の祝いの返礼に、あちこちの名家を巡り歩いている最中だった。

馬蹄の響きに混じり、シャンシャンと鈴が鳴る音がする。鞍上《あんじょう》に担《かつ》ぎ上げられた若い女の衣装につけられたものが鳴っているのだ。

（あれは――）

沙蘭は目を瞠った。悲鳴を上げる女を抱えて先頭を走る馬上の男は、見間違いようもなく月弓国の火竜公子だったからだ。そのすぐ後から似たような風体の二、三騎の若者が続き、そのまた後を、わずかに距離を置いて、天風がぴたりと追走している。主君のしんがりを守るいっぱしの将のようだ。

「花嫁盗みだ――」

一団が砂塵を巻いて駆け去るのを見届けて後、通行人の誰かが呟く声を、沙蘭は耳にした。

「やれやれ、またあの鼻つまみ公子とその一党か――」

「まったく、王族の身分を笠に着て、このごろやりたい放題じゃの……」

「いやいや、自棄《ヤケ》になるのも無理はないかもしれぬ。王族などとは名ばかり。故国と天蘭の関係がこじれれば、即刻殺されるやもしれぬ人質の身ではの……」

人々の声に重なって、騎馬の一団を徒歩で追いかける男たちの「待てー！」と叫ぶ声が響く。中に混じる着飾った男が、おそらく新郎だろう。花婿《はなむこ》というには妙に老《ふ》けた男だが、必死の形相《ぎょうそう》だ。

慌ただしく一団が走り抜けたあとの砂塵を見つめて、沙蘭は首をかしげる。

「他家の花嫁など盗んで、どうするのだ？　爺《じい》や」

沙蘭の疑問に、長年宰相家に仕えた老僕は、首を振り振り答えた。

「さて……単なるいたずらや嫌がらせで済むこともあれば、嫁を欲しがる他の男に売り飛ばしたり、新郎家や花嫁の実家に身代金を要求したりすることもあると聞きますが――」

新郎新婦の両家は、世間への体面を考え、大抵は秘密裏《ひみつり》に金銭で解決し、どこへ訴えることもせずに泣き寝入りするのだという。

「ではあそこまで白昼堂々、悪事を働いても、あの公子は何の咎《とが》めも受けないというのか？」

「はぁ……」

老僕は困惑した顔になる。何と説明したものか、といった顔だ。

「何と言っても、一応は王族の身分を持つ方でいらっしゃいますし……花嫁を盗まれた側も、騒ぎを大きくすることを嫌うとなれば、もはや天下御免で――」

老僕の弱々しい声に、沙蘭は思わず眉を顰《しか》めた。

あの宴の日からのわずか数日で、沙蘭の耳には火竜の行状にまつわる悪い噂がいくつも入ってきた。ある時は宰相家の侍女《じじょ》たちから。またある時は出入りの商人たちから――。父とその盟友である廷臣《ていしん》が、深刻な顔で「いっそ月弓国に他の公子を寄越せと要求すべきでは――」と話し合うのを、漏れ聞いたこともある。

曰《いわ》く、無頼の輩《やから》と徒党を組んで、賭博場《とばくば》で派手な喧嘩を繰り広げた。

曰く、さる名門貴族の令嬢が火竜に夢中になった挙句、貢ぐ金欲しさにその家の持つ街道通行特権の割符《わりふ》を持ち出し、他国の商人に高額で売り飛ばして大騒ぎになった――。

直接の面識ができて、その存在を意識し始めたせいだろうか。以前からこんなに繁々《しげしげ》と噂されていたただろうか？　と疑うほどに、沙蘭の耳には次々と火竜の話題が入ってくる。どれもこれも、眉を顰めるような話が。

中でも沙蘭を苛立《いらだ》たせたのは、

「本来の住居である月弓国の公使館にはほとんど寄りつかず、言い寄ってきた妓楼の女のもとに居候《いそうろう》しているらしい——」

という噂だった。それを聞いた瞬間、火竜の体に染みついた高価な香木の香りの謎が解けたからだ。

(あれは、どこぞの妓女からの移り香だったんだ——)

東西の商人たちが行き交う天蘭は、歓楽という意味でも近隣に秀でた国で、遠く華の国や胡の国にまで聞こえた花街や、幾代にもわたって栄える妓楼も存在し、抱える妓女の数も多い。

その中でも一級の売れっ子となれば、高位貴族や富豪の後ろ盾を得て、姫君もかくやという贅を尽くした暮らしを営んでいると聞く。おそらく南国渡りの沈香なども、日常的に用いているだろう。

そうと気づいた瞬間、沙蘭は、火竜が妖艶《ようえん》な妓女たちと戯れる光景を思い描き、総身がわなわなと震えたのだ。

(……穢らわしい!)

あの時、この黒髪を「綺麗だ」と撫でた手で、あの男は妓女や娼婦たちの髪にも触れているのだ。

そして同じ唇で、同じ言葉を囁き、同じように、接吻——も、しているに違いない。

「許せない……!」

沙蘭は老僕に聞こえない程度の小声で呟き、腹立ち紛れに、路傍《ろぼう》の小石を蹴飛ばした。

「何が、常に俺を想え、だ——」

ひどい。身勝手だ。自分は妓女や娼婦たちと好き勝手に戯れておいて、沙蘭には「俺だけを想え」

とは、沙蘭がまだ子供で、しかも男児であることを割り引いても、ずいぶんな言いぐさではないか。散々、人をからかい、振り回すような真似をして、自分はあちこちで妖しげな花を愛でているとは、節操がないにもほどがある。

（知るもんか）

もう、あの不埒な公子には関わらない。今日からは金輪際、あの有無を言わせず人を従わせる不思議な青い瞳も、底抜けに陽気で、人を寛大な気分にさせてしまう魔法のような声も、生まれて初めての……接吻、のことも思い出さない。

もう、振り回されるのはごめんだ。

「ごめんだ――」

沙蘭は漆黒の髪をひとふり、脳内から火竜の面影を払い落とすと、名家の御曹司に相応しい、凛《りん》とした面持ちで街路を歩き始めた。

――仏の教えによれば、人の世には四苦八苦があるという。

そのうちのふたつが、愛別離苦《あいべつりく》・怨憎会苦《おんぞうえく》であると。

つまり、「愛する者との別れ」の苦しみがあるのと同様に、この世には「憎い相手とめぐり会う」苦しみもあると。

（み仏の教えは、常に正しいな――）

天蘭の並木続く路上で、再び火竜と出会ってしまった時、沙蘭はつくづくとそう感じた。

花嫁盗みを目撃した、数日後のことだ。

——あの祝宴の時といい、どうしてこう、間の悪い時に限ってこの男が現れるのだろう。邪神か魔神に魅入られでもしたのだろうか。よりにもよって、従僕が忘れ物を取りに戻って、路上でひとりになった時に、だなんて……。

「久しぶりだな」

そう言って、にたりと笑う顔に、沙蘭は反射的に背を向ける。

「こら待て沙蘭。無視はないだろう無視は」

「……」

くるりと背を向けるなり、歩き出した沙蘭の後を、愛馬の手綱《たづな》を引いた火竜がついてくる。若者の足音と、ゆったり歩む馬の蹄《ひづめ》の音。そして、わざとらしいため息。

「ずいぶん冷たいな。もう赤の他人ではないのに——」

「他人です！」

うなじの毛がそそけ立つのを感じながら、沙蘭は振り向きもせずに、つっけんどんに返答する。冗談ではない。たったあればかりの関わりで、いきなり他人でなくなってたまるものか。

すると背後から、ふふっと笑う気配が伝わってくる。

「つれないところもかわいいが——自分に気のある男にわざと冷たくして気を惹くのは、性質《タチ》の悪い売女の手口だぞ」

「誰がっ……！」

思わず振り返ってしまった眼前に、意外に形の美しい手が、スッ……と伸びてくる。

「ほら、来いよ」

この若者は、みすぼらしい身なりに似合わず、秀麗な容貌を持っているのだ。思わず差し出された手と青い瞳を交互に見つめていると、焦《じ》れたその手に腕を摑まれた。

「ちょ、何……！」

恐怖を感じて振り払おうとすると、

「ちょっと付き合え」

青い瞳がいたずらっぽく瞑《つむ》られる。

「こんな天気のいい日に、私塾に籠もってお勉強なんかしていたら、逆に頭が変になるぞ。気晴らしに、すこし遠出しよう」

「結構です！」

「お前が興味を持ちそうな話を仕入れて来たんだ」

「あ、あなたとお話なんか……！」

「お前の母親のことだ」

ぎくん、と沙蘭は、棒を呑んだように立ち尽くしてしまった。それで勝負は決まりだった。気づいた時にはもう、馬の鞍《くら》の前に乗せられていた。

「ラッ！」

火竜が小さく気合いをかけると、馬が小走りに駆け出す。火のような赤毛で、馬体が大きく、見るからに荒々しい馬だが、騎手の技量がいいのか調教が行き届いているのか、揺れの少ない見事なだくだ足だ。

そして沙蘭の体は、片手で手綱を操《あやつ》る火竜のもう一方の手で、しっかりと抱きかかえられている。

(なんて、強い腕――)

衣服ごしにも、張りつめたような肉の感触がわかる。それほど筋骨隆々《きんこつりゅうりゅう》というわけでもないのに、その強靭《きょうじん》さは鋼《はがね》のようだ。無頼者の集団を率いて喧嘩三昧、という噂は、おそらく本当だろう。そろりと振り返って見た腰間の剣も、使い込まれて鈍く光っている。日頃から使っている証だ。

――ぞくり、とする。

(ぼくは……)

この時沙蘭は、なぜか唐突に、何かとてつもなく凄《すさ》まじいものを見たような気分に襲われた。

たとえば、華帝国が沙海との国境に築いた、地の果てまで続くかのような延々たる長城。

たとえば、他国との戦役から帰還した騎兵たちが鞍に引っ提げる、敵兵の首。

たとえば、山脈のふもとの沃野《よくや》に、年に数日だけ出現する、天上の花畑――。

強大な力を見せつけられるもの。怖ろしいもの。美しすぎるもの。決して近づいてはならないもの。

この貧乏国の無頼公子には、あるいは、そういうものの仲間になりうる、何か怖ろしいものがあるのではないか――。

(なんで……ぼくはこんなことを……)

妖しげな占い師や人相見でもあるまいし、と沙蘭は自分の着想を、内心不思議に思った。思いつつも、奇妙な予感は揺らぐことがない。

――この人は生涯、血の匂いに彩られた、凄まじい道を歩むだろう。

――そして自分は、その運命に、大きく関わることになるに違いない……。

「よし、そろそろ駆けるぞ！」

言うが早いか、馬腹を蹴る。

馬が走り方を変え、馬体が跳ね上がった。

「わっ！」

沙蘭はとっさに、男の腕にしがみつく。

火のような赤い馬は、火竜と沙蘭とを乗せて、市街の外へと続く道を、楽々と駆け始めた。

天蘭が沙海南路随一の国、と称されるのは、一にも二にも水に恵まれているからだ。

昌海《しょうかい》のほとりに位置する天蘭と違い、沙海の都市国家の多くは、南嶺《なんれい》山脈を水源とする水路《カレーズ》に頼り、その使用権を巡って争いが絶えず、それが国力を削《そ》ぐ原因のひとつとなっている。いかに交易によって富を蓄《たくわ》え、兵馬を養おうと、人も馬も羊も、水がなければ生きられないからだ。

他国と争い水を得るためには、兵馬がいる。兵馬を養うためには、富がいる。富を得るためには通商路として商隊が多数往来する環境を整えねばならず、そのためには大量の水を自由に使える水利権が必要である。そして水利権を得るためには、兵馬が……という堂々巡りに陥《おちい》り、決して内情は富裕とは言えない国も多い。

そのうちのひとつが、火竜公子の出身国である月弓国だった。沙蘭が聞くところでは、先々代王の御世に何やら大きな外交的失敗をしでかし、隣国との水争いに敗れ、南路における勢力地図から大きく後退したのだと。

「今じゃ天蘭だけでなく、あちこちの国に人質や花嫁を差し出して情けを乞い、ようやく生きるのに最低限必要なだけ、水路を使わせてもらっている有様さ」

とは、その当の人質である火竜の言い草だ。馬上から、天蘭の国力の基《もとい》となっている昌海の湖面を眺めるその目には、ふがいない故国に対する諦観《ていかん》と侮蔑《ぶべつ》、そして富国に対する羨望の色が等分に浮かんでいる。

風のない、穏《おだ》やかな日だ。水辺には蒲《がま》の穂と葦草が群れ生え、かすかに揺れている。

「ここらでいいだろう」

火竜が引き攫ってきた沙蘭を鞍から降ろしたのは、湖に面して柘榴の大樹が生えた築堤《ちくてい》だった。馬を繋ぎ、斜面に降りて、柔らかな草の生えた土手に腰を降ろす。

「ほら、食えよ」

そして火竜が沙蘭の胸の前に差し出してきたのは、平焼きのパンに乾酪《チーズ》をこってりと挟んだ携帯食だ。今度はどこの家からの強奪品だ、と睨んだ沙蘭に、何も言わない先から「盗んだのじゃないぞ」と苦笑する。相変わらず、勘の鋭い男だ。

「人から持たせてもらったんだ。ちゃんとした料理人に作らせたやつのはずだから、うまいぞ」

「……どこの妓楼の女性《ひと》です」

思わず声を低めると、火竜は青い目を瞠り、まじまじと沙蘭を見て、突然くつくつと笑い始めた。

「お前……」

「な……何ですか」

戸惑った沙蘭は、次の瞬間、避けようもなく火竜の胸の中に抱き込まれていた。「わ」と声を上げた顔の上から、くつくつ笑いが降ってくる。

「教えてやろう。今お前が抱いている感情はな、やきもちというんだ」

「や——」

やきもち？

（つまり、嫉妬？　ぼくは今、この人と親しい関係の女性に、嫉妬したと……？）

カッ、と顔が熱くなる。

思いもよらない言いがかりに、沙蘭は抱きすくめる男の腕に必死で抵抗しながら、否定した。

「違います！　ぼくはただっ、あなたがっ、色んな女性と親しいって聞いただけで……っ！」

「心配するな。確かに昵懇《じっこん》の女は何人かいるが、あいつらは一方的に俺に惚《ほ》れているだけだ。俺から情けを掛けたことは一度もない」

それはそれで非道《ひど》いことを口にして、火竜はするりと腕を緩める。

そしてまた、まじまじと沙蘭を見つめた。

「……な、何ですか」

思わず顎を引いて、上目使いになる。今度は何を言い出す気だ、と警戒する沙蘭に、火竜は珍しく想いを隠した顔で、「いや」と呟いた。

「お前の母親のことを話してやる約束だったな」

「……」

約束などした憶《おぼ》えはないが、沙蘭は素直に次の言葉を待った。今まで誰に聞いても、明確に応《こた》えてもらえなかった事実が、語られようとしていたからだ。

「お前、母親が生きていることは知っているのか？」

「ええ――それは知っています。父と祖父からは死んだと聞かされましたが、人の噂で」

「そうか」

こくりと頷く。

「お前の母は華帝国の地方豪族の姫だったそうだな。その美貌天下随一、と称されたほどの美姫だったと」

「……はい」

地方豪族とはいえ、華帝国ほどの大国のそれともなれば、実質的には小王国の王女格だ。父は良縁を得たというべきだろう。

「十六歳の花嫁の嫁入り行列は半里に及び、天蘭では祝いのために百近い羊が振る舞われ、花嫁の実家には、結納として良馬が五十頭も引き渡されたと」

「……」

沙蘭にとっては、知る由《よし》もない産まれる前の話だ。同意もできずに黙っていると、火竜は水面を見つめながら話を続けた。

「幸い、政略結婚ながら若夫婦の仲は睦《むつ》まじく、一年を経ずして嫡子に恵まれた。だが、妻の美貌が仇《あだ》になった。美姫の噂に興味を示した華帝国皇帝の一の寵臣《ちょうしん》が、それほどの美女ならば子を産んでいても構わぬ。妾《めかけ》に差し出せと、無理無体を言ってきた。さしもの天蘭宰相家も大国の権力者に逆らうすべはない。お前の父は子を産んで間もない妻を、泣く泣く華国へ帰さざるを得なかった」

「……」

沙蘭は無言で唇を噛み、傷心《しょうしん》に耐えた。いかに大国の天下人であろうと、ひとたび他国へ嫁ぎ子を成した娘を慰《なぐさ》み者に差し出せとは、非道にもほどがある。父との仲も、せっかく睦まじかったのに、母は結局、嫁いで二年と天蘭にいられなかったのだ。乳飲み子で生母と別れた沙蘭にも、当然ながら母の記憶はない。

「しかし幸いというか、華国に帰った母は妾にされずに済んだそうだ。当時すでに老齢だった大臣が、別の寵妾《ちょうしょう》の閨で頓死《とんし》したおかげでな」

「そうですか……！」

沙蘭は喜びの声を上げ、「よかった……」と胸を撫でおろした。当時まだ十代の若さだった母が、好色な老権力者の玩具にならずに済んだのは、確かに不幸中の幸いと言うべきだろう。

「そして身柄が宙に浮いた母は、再び沙海地方に嫁ぐことになった」

「えっ……？」

「知らなかったのか？」

「はい、そこまでは――」

沙蘭が知っていたのは、華帝国の横槍で、母が父と別れさせられ、国に帰されたことまでだ。だが考えてみれば母はまだ当年でも二十七か八のはず。美貌の姫が、妾になる運命を免《まぬか》れたのならば、再縁の話が起こらないわけがない。

「沙海北路の西理国《さいりこく》」

水面を渡る風のような声で、火竜は告げる。

「そこがお前の母の再縁先だ。嫁いだ時は第二公子の妃《きさき》だったが、王太子が夭折《ようせつ》したために夫が太子に昇格して、今は王太子妃だ。子供も、男児がふたりいる。お前にとっては、父の違う弟たちだな」

「……！」

沙蘭は瞠目《どうもく》した。

西理国と言えば、北路と南路の違いこそあれ、天蘭と同じ沙海地方の交易都市国家だ。天蘭からは一日二日で到着できる距離ではないが、はるか東方の華帝国に比べれば、距離感はうんと近い。そんな近くに、母がいた。しかも子を儲《もう》け、王太子妃として新しい幸せを摑んで――。

「複雑か？」

「えっ？」

「母が父ではない男と別の家庭を築いていることがだ」

火竜の青い瞳に、窺《うかが》うような光が揺れている。この男なりに、生母と生き別れた沙蘭の気持ちを思い遣《や》っているのだろうか。

「あるいは知らせないほうがいいかとも思ったんだが、お前も元服を済ませた一人前の男だ。真実を知る権利があるだろう――と思い直してな」

「……っ」

沙蘭は胸が詰まるのを感じた。この傍若無人の公子が、沙蘭の心を案じてくれたのだ。そしてその上で沙蘭を、ひとりの人間として、一人前の大人として尊重してくれたのだ。

「余計なお世話だったか……？」

火竜の問いかけに、はっきりと首を横に振る。

「いいえ……知ることができて……教えて下さって、よかった。ありがとうございました……」

沙蘭は素直に頭を下げた。母が生きている。再び夫と子に恵まれ、王太子妃という晴れがましい地位を得て、幸せに暮らしている。自分との縁の薄さを実感して一抹《いちまつ》の寂しさはあるものの、そうと知って、心から安堵《あんど》することができた。

ちゃぷ、じゃぷん、と水面がたゆたう音がする。

沙蘭の気持ちが落ち着くまで待とうと思ったのだろうか。火竜は水面に目をやったまま、珍しく黙り込んでいる。

チチチ……と鳥が飛んでいく。

「でも……どうしてですか？」

「ん？」

「どうして、あなたがぼくの母のことを……」

「ああ、ツテを辿《たど》って調べたんだ。お前の母のことはあの祝宴の客たちも噂してたし、厨房の侍女たちも『ご生母さまが居《お》られたらどんなにか……』と嘆《なげ》いていたから、何かよほどわけありなんだろうと」

「……っ」

「商人やら妓女やらに頼んでおけば、沙海じゅうの情報が集まるからな。特に女は、どこの国の王妃や姫君がどうたらの話が好きだから」

「……」

やっぱり女性に頼んだのか、と目を吊り上げかけて、沙蘭は自制した。またやきもちだ何だとからかわれては、たまらない。

「それもですが……」

土手の草の上に手を突いて、身を乗り出す。

「どうして、わざわざ手を尽くして、母の情報を集めてくれたんですか？　そんなことをしても、何の得にもならないのに……」

宰相家の御曹司とはいえ、沙蘭はまだたかだか十歳の子供だ。わざわざ労力を割《さ》いてまで尽くしたところで、見返りなど期待できるものではないだろう。

「どうしてって、そりゃあ……」

火竜はくすくすと笑う。

「欲しいものがあるからさ」

「欲しいもの？」

まさか、お金でも要求する気か――？　と警戒を露わにした沙蘭に、火竜の手が伸びてくる。

「な、何――？」

思わず身を退いた沙蘭に追いすがった手が、漆黒の髪をひと房、摑む。

「わからないか？　俺の欲しいもの」

「……」

青い瞳と黒い瞳が、互いの深淵《しんえん》を覗き合う。

葦の群落の中で、丸々と肥えた魚がじゃぶりとのたうつ。

小鳥のさえずり。

梢《こずえ》に揺れる柘榴の花は、空の青さに映える、どこまでも鮮やかな朱色――。

気がつけば、沙蘭は火竜の胸の中に抱き込まれていた。服地ごしに、若者の硬い胸板の感触を頬に感じ、するり……と髪を撫で降ろす掌の熱さに、びくりと震える。

「あ、あの」

異様な空気に、怯えて突き放そうとする沙蘭の手首を、火竜は握り込んだ。

「沙蘭」

思わず背筋がビクつく、厳しい、深い声。

「お前が欲しい」

青い瞳が、人の心を吸い込むような深みを帯びて底光りする。

「他の奴はいらない。男も女も——生涯、想いを懸けるのはお前ひとりだ」

「…………え…………？」

沙蘭が目を瞠る。ぼくを欲しいって、この人はいったい、何を言っているのだろう、と心の中で首を傾げる、その顔を見て、火竜がじわりと苦笑した。

「そうだ、お前はまだ若すぎる。今は意味もわからないだろう。ひとりの男が、誰かを欲しい、と感じる、その真の意味などな」

「……」

「だから待つ。お前の心がもっと大人になり、自分以外の人間を渇望する気持ちを理解できるようになるまで。俺の——」

沙蘭は一層に強い力で抱きすくめられ、右耳を火竜の左胸に押しつけられた。

心臓の鼓動《こどう》を、聞かされるように。

「俺の心の飢えに呑み込まれても、お前の心と体が耐えきれるようになるまで」

「……」

「そして、その日が来たら——」

——お前は俺の熱さを思い知るだろう。

託宣《たくせん》のような言葉を、沙蘭は意味も解《わか》らず、だが本能的に感じた怯えの中で聞いた。

(この人の熱さだったら、きっと、魂も燃え尽きるほどの業火《ごうか》に違いない……)

考えた瞬間、ぞく……と、氷塊のように冷たく、同時に雷《かみなり》のように激しいものが体を突き抜ける。

(な……)

何――?　これは……?

その衝動は、沙蘭の下腹部の、もっとも深い場所を揺り動かした。今までは種に過ぎなかったものが、突然に目覚め、芽を吹いたような、体の中が、蜜を満たした爛漫の花で埋まるような、歓喜と慄きが等分に混ざった、言いようのない不思議な感覚――。

十歳の少年が、青年の腕の中で、生まれて初めて感じる「何か」に戸惑っていた、その時。

「公子!　ちょっとあんた!　何やってんですかそんなちっこいの相手に!」

馬蹄の音と共に、呆れた、という色を隠そうともしない声が響き、沙蘭を仰天《ぎょうてん》させた。

「天風、またお前か……」

そんな沙蘭の体を、火竜は丁重に、壊れもののように自身の胸から離してから、無粋《ぶすい》な腹心を睨みつける。天風のほうは、火竜の怒気などどこ吹く風で、沙蘭の姿を上から下まで眺め回した後、心底呆れた、という態でため息をついた。

「あんたね、女に飽きて男に走るにしても、いきなりお稚児《ちご》趣味は――」

「何の用だ?」

「忘れたんですか。今日はこれから、あれを送り届ける手はずになってたでしょうが」

天風が鞍上から背後を指さす。その先に、栗毛の大人しげな馬にまたがる若者がおり、よくよく見

ればそれは、男装した女性らしかった。火竜のほうを見て、馬上から慇懃に一礼する。心からの感謝が籠もった仕草だった。

「ああ、そうだったな」

火竜は立ち上がり、尻の土埃《つちぼこり》を払った。

「悪いな、沙蘭」

そして先ほどの熱さが嘘のように、沙蘭を見て、穏やかに笑う。

「これから、胡の国へ行く女をひとり、商隊に託すために国境まで送り届けなきゃいけないんだ」

「胡の国、ですか……？」

沙蘭は首をかしげる。商隊に守られてとはいえ、女性がひとりで行くにしては、ずいぶんと遠くだ。

「……親の借金のカタに、金持ちの中年男の後妻にされかけた女でな」

火竜が秘密を打ち明けるように、ひそりと囁く。

「女の恋人だった幼なじみが、駆け落ちに手を貸してくれと俺たちに頼み込んできたのさ」

「……ああ」

そうだったのか、と沙蘭は事情を察した。あの栗毛馬の女性は、数日前、火竜とその一党が結婚式に乱入して盗み出した花嫁に違いない。国境で待つ恋人と共に、これから新天地へ旅立つのだろう。

（乱暴するためでも、お金目当てでもなかったのか……）

男と逃げたのではなく、無頼漢たちにさらわれたのであれば、借金のカタに結婚を迫った金持ち男も、花嫁の親を責めることはできないだろう。火竜は自分が悪漢になることで、若い恋人たちの幸せを守ってやったのだ。

「見直したか？」

またしても心を読まれてニヤリと笑われ、沙蘭はつい、ぷいと視線を外した。この若者が評判ほど悪人ではないことは理解したが、人の言動を先回りしてからかうこの癖ばかりは、どうにも苦手だ。

そんな沙蘭に、火竜は磊落《らいらく》に笑って「市街まで送り届けてやるよ」と告げた。女と天凪は、一足先に国境へ向かうとのことだ。天凪は別れ際、呆れ顔で、「くれぐれも、そんなちっこいのに手を出すんじゃありませんよ」と釘を刺してから立ち去った。火竜の返答は、「ああ、わかってるさ」だ。

——そんなんじゃない、って否定しないあたりが、終わってるよな……。

女と駒《こま》を並べて立ち去る天凪が、馬上でそんな風に呟いたような気がしたが、これは沙蘭の空耳かもしれない。

来た時と違い、火竜は馬を急がせなかった。時を稼ぐように、蹄の音がゆっくりと進む。

しばらく無言で手綱を操っていた火竜が、「沙蘭」と突然口を開いた。

「沙蘭、俺は人質の身だ。月弓国が、この天蘭の威《い》を借りて生き延びるために差し出した、人身御供《ひとみごくう》だ」

声の調子に自嘲が混じる。

「俺の国は貧しく、弱小で、他力本願で——もし、この群雄割拠《ぐんゆうかっきょ》の沙海の勢力地図が変化して、天蘭よりも力の強い国が現われれば、おそらく生き残るためにあっさりとそちらへ寝返るだろう。そうなったら、即日、俺の命はない。月弓国《くに》にしてみれば、最初から惜しくもない捨て駒だからな」

「そんな……」

絶句した沙蘭に、火竜はくすりと笑う。

「なあ沙蘭、お前も名門一族の御曹司ならわかるだろう。王族だの貴族だのは、どんなに身分が高かろうと、ひとたび乱が起これば、その命運など風の前の塵《ちり》も同然だ。俺がこの天蘭に差し出されたように。お前の母が、下劣な権力者の欲望で夫や子供と引き裂かれたように」

「――はい」

沙蘭は頷く。弱肉強食。それが国家というものに関わる者の宿命なのだ。そう教えられ、そう覚悟せよと言いつけられて育った。天蘭とて決して盤石《ばんじゃく》ではない、と。

「いずれは宰相家の継嗣《けいし》であるぼくも、そういう運命を受け入れざるを得なくなるでしょう。祖父からも父からも、覚悟しておけと言われています」

ひとりごちるように零すと、火竜がそっと頭を撫でてきた。

「お前は賢いな、沙蘭」

褒める言葉とは裏腹に、その声は苦笑気味だ。聞き分けが良すぎるな、とでも言いたげに。

「だが俺は、お前のように賢く悟りすますことなどできなかった。民から取り立てた租税で贅沢三昧の暮らしをしてきたならともかく、吹けば飛ぶような貧乏国の王の子に生まれついたからといって、なぜこんなろくでもない運命を押しつけられなければならないのだと、自暴自棄《じぼうじき》で生きてきた。どうせいつか殺される身なら、せいぜい好き放題して皆を困らせてから死んでやろうと」

「……」

沙蘭は背後を仰ぎ見、火竜の顔を見た。その青い目と、頭上の晴れわたる空の色——蒼穹の色が、まるで一部を切り取ってはめ込んだかのように似ている。

「だが、それも今日で終わりだ」

「公子……？」

「俺には、是が非でも生きたい理由ができた。生き延びて、成し遂げたいことができた……お前のおかげでな」

真摯《しんし》な声——。

沙蘭はどう返事をしてよいかわからず、ただ沈黙するばかりだ。

「見ていろよ。そして待っていろ、沙蘭。俺は必ず——」

天に歌う鳥の声。

沙蘭は火竜の瞳の青に、まるで吸い込まれるように見入りながら、背中にぴたりと接する男の体の熱さに、ただ身を委ねていた。


——火竜公子が、突如、月弓国の父王から招還《しょうかん》され、沙蘭の前から姿を消したのは、それから半年ほど後のことだった。

そして、十年の月日が流れた。

南嶺山脈から吹き付ける夜風には、すでに氷雪の気配が混じっている。

その風に黒髪をひるがえしながら、沙蘭は城郭《じょうかく》の上から外を見渡した。

城外は、一面、漆黒の布に宝石を撒《ま》いたような光景だ。輝きのひとつひとつは揺らめき、またたいて、轟々《ごうごう》と音を立てている。兵士たちが手に手に松明《たいまつ》を持ち、ひしひしと詰めているのだ。

「敵は、どのくらいの数になる……？」

問うた沙蘭に、物見の兵が、「ざっと数えたところでは、三万ほどかと」と応える。

「三万か……」

水の乏しい沙海で動員される兵力としては、空前絶後の数だ。この天蘭まで到達すれば昌海の水にありつけるとはいえ、よくも渇《かわ》き死にを怖《おそ》れもせず、思い切ったものである。月弓国から天蘭までの間には十《とお》あまりの都市国家があり、現在は月弓国の支配下にある隣国からでさえ、砦《とりで》の数は五つに及ぶというのに、それらをすべて併呑《へいどん》してのけ、なおこの意気軒昂《けんこう》ぶりとは、恐るべき士気の高さだ。

（連戦に次ぐ連戦で月弓国から長征してきたにしては、兵に疲弊《ひへい》した様子も見られない……）

この夜陰の中でも、松明を絶やさず用心怠りない様子から、それとわかる。

「天蘭の守備兵力は、予備兵を動員してもせいぜい八千程度だぞ……！」

「落ち着け、だから華帝国に援軍要請の使者を走らせたのだろうが」

「そんなもん、いつ到着するんだ。城内にいるのは兵隊だけじゃない。年寄りや女子供、兵隊にならん一般庶人の数は、兵の三倍以上いるんだぞ。そいつらが備蓄食料を喰いつくしちまったら、もう――」

歩哨《ほしょう》たちが動揺している。小隊長らしき武人が「無駄口を叩くな！」と叱責《しっせき》するのを、沙蘭は「よしなさい」と制止した。今ここで焦りを募《つの》らせても、兵の士気を下げるだけだ。

「皆、安心するがいい。今、王宮では父と重臣たちが集まって協議している。君たちを悪いようにはしない。落ち着いて、まずは今夜、敵に隙を見せないことを心掛けてくれ」

「は……！」

兵たちが敬意を込めて低頭するのに、微笑を含みながら頷いて、沙蘭は踵を返した。

ごぉ……と、敵兵の手にする松明の火が、風にあおられて音を立てている。

その音に、蘇《よみがえ》る記憶がある。

――見ていろよ。そして待っていろ、沙蘭。俺は必ず……。

（あれから、十年か……）

城郭上をひとり、供も連れずに歩みながら、苦い感慨を嚙《か》みしめる。よもやまさか、あの火竜と、こんな形で相対することになるとは。

（あの時は、本当に大騒ぎだった――）

沙蘭は懐かしく回想する。この天蘭に差し出された人質として、自暴自棄の無頼暮らしをしていた火竜が、突如父王から後継者として指名され、一躍《いちやく》太子となった時には、天蘭のみならず、この沙海中が仰天したものだ。

――いよいよ老王が錯乱したか。

――いやいや、あの無頼漢め、どこぞで脅し取ったか強奪したかした大金を賄賂に、父親の寵姫にでも取り入ったのではないか……。

様々な憶測が飛び交い、しかし火竜の立太子前後の事情は、結局いまだに謎のままだ。

その間、天蘭の宰相家では、沙蘭の祖父が亡くなり、父が天蘭宰相の地位を継いで、すでに四年が経過する。少年だった自分も、今や二十歳《はたち》。今、城外の敵陣にある火竜は、たしか二十八のはずだ。未だに少年期の線の細さが残る自分と違い、さぞや堂々たる王者となっていることだろう。

（それにしても、まさかこのようなことになるとは――）

この十年間で、沙海地方の勢力地図は激変した。辺境の一小国に過ぎなかった月弓国が、若き火竜王の即位によって、急激に力をつけ、一気に版図を広げてきたからだ。

登極から、わずか八年。今や沙海北路の諸国家は、ほぼすべてが火竜の前に膝を屈し、天蘭をはじめとする南路国家群の命運も、もはや風前の灯だ。

（人の家の厨房からパンを盗んでいた、あの粗末ななりをした人質の公子が、今やこの沙海一円を支配する征服王とは……）

あまりにも意外で性急な成り行きに、沙蘭はまだどこか、目の前の光景が信じられないでいる。

我が故国が、わずか十年前までは今にも他国に併呑されそうな弱小国だった月弓国軍の灯火に、ぐるりと包囲されている、この光景が――。

天蘭への侵攻の報せを受けてから、従前からの縁《えにし》を頼りに、華帝国へ援軍要請の使者を走らせたが、おそらくあてにはなるまいと沙蘭は見ている。

(華皇帝から正式な勅許《ちょっきょ》を得て国軍を動かすとなると、時間がかかりすぎる。かと言って、辺境の地方官が独断で動かせる兵力では、今の月弓軍には、もう敵わない——)

伝統的に、華帝国は天蘭のような周辺諸国を、ひどく下に見ているところがある。かつて帝国の重臣が、沙蘭の母を差し出せと無体な要求をしてきたように。

天蘭王は華帝国皇帝に臣従し、毎年手厚い朝貢《ちょうこう》を行っているが、だからと言って、危急の時必ず助けてくれるというものではないのだ。勢いのある今の月弓国は、華帝国にとっても、正面切って戦《いくさ》をしたい相手ではないだろうから——。

「……父上はどうなさるおつもりだろう」

昨年、即位したばかりの現在の天蘭王は、わずか八歳の幼主である。実質的な国の切り盛りは、宰相である父・江蘭の双肩《そうけん》にかかっていると言っていい。

だが沙蘭の見るところ、富国の支配者一族の御曹司として生い育った父は、あまり危急時向けの人材とは言えないようだ。国のぐるりを包囲される事態に至っても、その周辺の重臣団共々、これまで何の決断も下せずにいる。沙蘭も父の補佐官として出仕《しゅっし》してはいるが、今のところ秘書のような立場にすぎず、決定権も発言権もない。月弓国が版図を広げ始めた頃から、もう幾度となく、「わたくしを火竜王への使者として派遣して下さいませ」と申し出ているのだが、ことここに至るまで、受け入れられることはついになかった。

旧知の関係である自分であれば、火竜とはまずまず交渉の余地があったかもしれないのに——。

「このまま籠城を続けたところで、道が開けるものではないのに——」

切りつけてくるような寒風が、沙蘭の衣服と、城郭上の旗をバタバタと乱暴にひるがえす。

「沙蘭さま！　沙蘭さま！」

その時、城郭に駆け上がってきた若者の顔を見て、沙蘭は異変を悟った。

「若水《じゃくすい》、どうしたのだ」

昨年来、沙蘭の従僕となっている若者は、肩を上下させながら告げた。

「お父上さまが……！　江蘭さまが、宮中で倒れられたと、今、知らせが……！」

松明の炎と寒風が、ごうぅ……と音を立てて渦《うず》を巻いた。


「父上！　父上！」

規模は小さいながら、壮麗さを誇る天蘭王宮の廊下を、沙蘭は最大限許される速さで走った。忠実な若水も、ぴったりと背後から追走してくる。

「父上っ！」

豪奢な彫刻細工を施した扉を、力いっぱい押し開ける。寝かされている父の周囲には幾人もの医師や気難しげな重臣たちが詰めていたが、危急の時だからか、沙蘭の不調法《ぶちょうほう》を咎める者は誰もいない。

「父上……」

よろりと、沙蘭は父の顔の傍《そば》に歩み寄る。

天蘭国宰相・江蘭には意識がなく、黒々と髭《ひげ》をたくわえた顔も土気色《つちけいろ》だった。横たわる敷布《しきふ》も宛《あ》てがわれた枕も、体の上に掛けられた布も、すべてが王宮の品に相応しい極彩色の逸品なだけに、その顔色の悪さが一層際立つ。

「沙蘭さま」

顔なじみである重臣のひとりが、そっと傍らに寄り添って囁いてくる。

「医師の診立《みた》てでは、おそらく卒中であろうと……」

意識が戻るかどうかはわからぬそうです——と聞かされて、沙蘭は目の前が昏くなった。

「……そうですか……」

おそらく心身の疲労が蓄積していたのだろう。これまでの父の苦衷《くちゅう》ぶりを思えば、無理ならぬことだ。しかし、よりにもよってこの危急の時に——。

(そうだ——)

沙蘭の胸に、喫緊《きっきん》に対処すべき事柄が浮かぶ。息子として父の身を案じるよりも、まず真っ先にせねばならぬことが。

「皆さま」

すくり、と立ち上がり、群臣団の顔をひとわたり見回す。

「父・江蘭が倒れしこと、とにもかくにも、外に漏らしてはなりませぬ。このことが市井《しせい》の者たちや兵士に知れれば、絶望感に駆られた者たちが、あるいは城外と通じてしまうやもしれませぬゆえ」

「……!」

ざわ……と、人々の間に動揺が走る。

内通者の出現。それが今、城郭内に籠もる天蘭国にとって、最大の恐怖だった。もう駄目だ、と絶望した市民や兵士が、寛大な処置を乞えるうちにと、独断で城門を開き、あるいは脱出して敵に降伏してしまう。最悪の場合は、自分たちの手で王や宰相を襲撃し、その首や身柄を投降の手土産にすることもある。周囲を城郭で囲まれた都市国家が多い沙海地方では、ありふれた成り行きだ。

「しかし、漏らすなと申されましても、いつまでもというわけには――。宰相殿のお姿が幾日も見えなければ、民も兵も自《おの》ずから異変を察知いたしましょう」

重臣のひとりが、沙蘭の顔を斜めに見上げながら力のない声で告げる。おそらく気弱になっているためだろう。沙蘭の父と同年配でありながら、まだ若輩の沙蘭に対して、ずいぶんと下手に出た物腰だ。

「もちろんです」

沙蘭は力強く頷いてみせる。

「このことを秘すのは、明朝、日が昇るまでで結構です。内通とは、とかく夜陰に紛れて起こるもの。夜が明ければ、そう無闇に後ろ暗い行動も取れなくなるはず。とにかく今は、今夜一晩持ちこたえることを考えましょう」

沙蘭は城郭上で兵士たちにしたように、あえて短く期限を切って告げた。これが「あと三日」あるいは「五日」となると、気の弱い者から耐えられなくなっていくだろう。だが今夜一晩だけと期限を切れば、「それくらいならば」と何とか耐えきれるはずだ。

群臣たちは、ほぅ……と、安堵に似た息をつき、互いに顔を見合わせた。そして無言のうちに頷き合うと、群臣中の筆頭者が、沙蘭に向き直った。

「宰相嫡子殿。今宵はそれで良しとしても、我々としては早急に宰相殿の職務を代行する者を立てねばなりませぬ。明朝より正式に、貴殿が宰相代理となって下され」

「――わたしが……？」

「貴殿はまだお若くてあられるが、すでに才気も貫録も充分。力ある誰かが上に立たねば、我々は途方に暮れるばかりにございます」

「そのような……待って下さい。わたしはまだ……！」

「あなたしかおらぬ、沙蘭殿」

また別の重臣が重々しく告げる。

「宰相家のお血筋では、江蘭殿を除いてはあなたが最年長のはず。宰相家の主《あるじ》はすなわちこの天蘭の執政者。まして王がわずか八歳の幼君であられる今、ぐずぐずしておれば、ろくに政《まつりごと》の見識も能力もない王族が、血筋を盾にしゃしゃり出て来るやもしれぬ」

「ですが――」

「心をお決め下され、沙蘭殿」

厳しい顔つきの男が、沙蘭を見据《みす》える。

「このようなことが起こらずとも、貴殿はいずれ宰相の地位に就くべく育てられた方だ。その時期が、少しばかり早まっただけのこと」

「そうでございます、沙蘭殿」

「あなた様しかおりませぬ。宰相嗣子殿……！」

縋るような目の群臣団を前に、沙蘭が困惑していた、その時。

「おい、取り込み中済まないが」

入室してきた男が、注意を惹《ひ》くようにコンコンと扉を叩いて告げた。

「敵将らしき男が、騎馬で城門前に進み出て、そこな宰相嗣子殿の名を盛んに喚《おら》んでいるそうだ」

「わたしを——？」

「どうやら月弓国王その人らしい」

聞いた瞬間、沙蘭は房《へや》を飛び出していた。宮廷礼法などまったく無視した速さで廊下を駆け、愛馬に飛び乗り、再び城郭に駆けつける。

「沙蘭さま——！」

満天の星の下、夜気に髪と衣服をひるがえし、息せき切って石段を駆け上ってきた沙蘭を見て、武人が戸惑った顔を向ける。

沙蘭はその傍らに駆け寄り、城門の下を覗き込んだ。

ぱちぱち……と松明の炎が爆《は》ぜる音。

数騎の部下を従え、たくましい赤毛馬にまたがる甲冑《かっちゅう》姿の男が、その炎に照らし出されている。

「沙蘭！」

忘れようもないその声が、夜気に凜々と響く。

さっ、と取り払った冑《かぶと》の下から、やや癖のある濃い栗色の髪と、鋭く整った若い男の顔が現れた。

「沙蘭、俺だ！　憶えているだろうな！」

――見ていろよ。そして待っていろ、沙蘭。俺は必ず……。

（――あの男だ……）

あの時と同じ声だ……と、沙蘭は息を呑む。

乗り手の鋭気に呼応しているのか、赤毛馬が落ち着かなげに足踏みする。それを手綱さばきで抑えながら、男はさらに叫んだ。

「あの時の誓い、ようやく果たしに来たぞ、沙蘭――！」

射抜くようなまなざしが、灯火に映えて光り輝く。

その瞳が蒼穹のような青であることを、沙蘭は城郭上から見て取った。


……沙蘭はその日、朝から風呂に入った。

天蘭の特権であるふんだんな湯で肌を磨き、顔を剃刀《かみそり》で当たり、髪を梳かし、火熨斗《ひのし》を当てた衣装を身に着け、豪華さは控え目ながら能《あた》う限り美々しく整えた姿で、馬に乗り、城門を出る。

馬の口取りに付き従うのは、従僕の若水ひとりだ。最悪の場合、一緒に殺されてしまうからと沙蘭は制止したのだが、忠実な若者は聞き入れなかった。

「仕方がない。だが逃げろと命じたら、一目散に逃げるのだよ。間違っても、わたしを守ろうなどとしてはいけない。約束できるね？」

はい、と返事をした若者を、沙蘭は馬上から見下ろす。仮にも宰相の権限を持つ者が単身騎行するわけにはいかないのは仕方がないが、なるべく巻き込む者は出さないようにするつもりだったのに——。

背後で城門が閉ざされる。物見櫓《やぐら》からは、心配げに見守る兵士や将たちの視線が降ってくる。それを背で感じながら歩みを進めると、月弓国軍の陣地からひとりの武人がやはり騎馬で走り出てきた。

濃い栗毛の馬をだく足で駆る手綾《しゅれん》が、沙蘭の目から見ても達人のそれだった。それに馬具や身なりが、明らかに他の将兵とは違う。ひょろりと縦に長い体型に、沙蘭は既視感《きしかん》を覚えた。あれは——。

「天風さん……」

「憶えていたか」

これといって特徴のない、だが齢《よわい》を十重ねてなお若い顔で、火竜の腹心はそっけなく応えた。葦のような痩身は、だが昔よりもしなやかな筋肉で鎧《よろ》われ、優美な刃のように研ぎ澄まされた感がある。

「うちのご主君に会うか？」

欠片ももったいつけない身も蓋《ふた》もなさに、そうだった、あの頃からこんな感じの男だった、と記憶が蘇ってくる。

「はい……取り持ちしていただけるのでしたら」

「ついて来い」

あっさりと馬首をひるがえす。その返す腕に、機能性の高そうな甲冑がかちゃり、と音を立てた。

いかにも歴戦の武人らしく使い込んだ様子だが、装飾は簡素で、一軍の将らしき豪奢さはない。

「──天風さんは、今はどういうご身分なのですか？」

ゆっくりと並んで歩みながら、問いかける。天風はそれに対し、

「近衛《このえ》の長《おさ》」

例によって投げつけるように答えてから、「いや、そんなご大層なものじゃないな」と律儀《りちぎ》に訂正する。

「要は王の身辺警護隊の隊長だ。親衛隊と言ったほうが実態に近いだろうな」

「……ご出世ですね」

高い武芸の腕と、主君の篤い信頼がなければ、任される地位ではない。沙蘭の言葉に対して、だが天風はなぜか渋面《じゅうめん》を作った。

「戦《いくさ》は嫌いなんだ」

つまり、武将として戦働きをしているわけではない、と言いたいらしい。

「自分やご主君の身を守るためなら何でもするが、戦を仕掛け、人を殺してまで自分の衣食以上のものを得ようという性根が、俺にはどうにも理解できなくてな」

「……」

「それにうちのご主君は、何というか……勝つ時は大勝利だが、負ける時は命からがらってのがザラだからな。俺の出番も割と多い」

「──そう、ですか」

天蘭にもたらされる情報からは、火竜は連戦連勝で成り上がった剛腕君主、という印象しか受けないが、実際にはそう楽な覇道ではなかったらしい。ここに至るまで、一再ならず命を落としかけたこともあったのだろう。

（もし、そこで王が命を落としていたら、こんなことには……）

思わず考えかけて、沙蘭は自分の浅ましさに顔を歪めた。

馬鹿な。いたずらに運命を呪ってどうするのだ。天蘭が今、危機に瀕しているのは、あくまで天蘭自身の弱さによるものだ。この沙海では、強き者が野心を持つことは悪ではない。弱き者を征服することも悪ではない。それだけ、生きるのが厳しい土地だからだ。ただ命を繋いでゆくために、他国の土地や水を奪わざるを得ない土地だからだ。

（——そのことを、昌海の恵みに浴するうちに、天蘭は忘れ去っていたのかもしれない……）

沙蘭が唇を噛む、その時、天凮の無味乾燥な声が「止まれ」と告げた。

「馬を降りろ。供の者はここで待て」

近衛隊長の言葉に、若水が「本陣までお供いたします！」と反発する。下馬した沙蘭は、若者を手ぶりで制した。

「いいから、ここで馬の番をしておいで」

「ですが沙蘭さま——！」

「大丈夫だから」

どうにか宥《なだ》めて、陣外に留め置く。心配げな顔つきの若者の視線を背中に感じつつ、沙蘭は天凮に付き従って月弓国の本陣内に歩み入った。

ざわ……と音を立てて、将兵たちの目が沙蘭に集中する。どの顔も、砂ぼこりにまみれ、あるいは日に焼けていながら、高い戦意を失わない、猛々《たけだけ》しい表情をしている。

男たちの険しい目が放つ視線を浴びながら、沙蘭はとある天幕の前まで案内される。天風は特に口上を述べるでもなく無言で、幕を払って内部に踏み入った。

天風が持ち上げてくれている幕を、沙蘭は身を屈《かが》めてくぐる。

その正面に――。

月弓国王・火竜が、いかにも征服王らしい豪華絢爛《ごうかけんらん》な装いで座していた。


「やっと会えたな、沙蘭」

そう言ってニヤリと笑った火竜をひと目見て、沙蘭は肉厚の大刀を連想した。まだ貫録《かんろく》がつくという歳ではないはずだが、男にはすでにして、たっぷりと人血を吸った白刃、というような凄みがある。

「火竜王……」

「会いたかったぞ」

その低い声に、沙蘭の身が震える。獲物の鹿を前にした時の、狼の唸《うな》りを聞いた時のように。

「会いたかった……」

そして輝く、蒼穹色の双眸。

その色を見た時、沙蘭はとっさに、「違う」と感じた。違う、十年前の火竜の瞳は、もっと明るい色だった。こんなにも昏い、沈鬱《ちんうつ》な目をしてはいなかったはずだ……。

（……いや、そんなはずはない。きっと天幕の中だからそう見えるだけのことだ）

臆病にも、思わず後ずさりかけた自分を、沙蘭は（しっかりしろ）と叱咤《しった》した。目の前にいるのは、確かにあの火竜だ。魔物でも怪物でもない。自分はこの男が、奔放でありながら親切で、温かな人の心を持つ男だったことを、よく知っているではないか――。

「お久しゅうございます、火竜さま」

沙蘭は文官としての礼を払ったが、火竜は答礼することなく、その青い目を眇《すが》めて、沙蘭を凝視《ぎょうし》している。

食いついてくるかのような目だ。

「……その」

沙蘭は困惑し、こくり、と固唾《かたず》を呑む。

「天蘭王、ならびに父・宰相の名代《みょうだい》として、講和を申し込みに参りました。まずはこうして御目文字《おめもじ》賜《たまわ》りましたこと、感謝いたします」

「講和？」

鼻で笑うような声。

「降伏の申し入れの間違いではないのか？」

「そう簡単に、天蘭は降《くだ》りませぬ」

いよいよ交渉の正念場だ、と沙蘭は気を引きしめる。

「天蘭は歴代、華帝国皇帝陛下に臣従して参りました国。今までの覇道は大目に見られても、わが国に手を掛けたが最後、そろそろ潰しておくべき敵と睨まれましょう。かの巨大帝国の大軍が押し寄せれば、あなたさまとてひとたまりもございますまい」

「ふん……大国の袖に縋って自国の防衛か」

情けないことだ、と吐き捨てられる。

「お前たちに矜持《きょうじ》はないのか？　沙海随一の富国と威張り倒しておいて、いざとなれば自分の手で自分の国を守ることもできぬとは、何とも情けないことではないか」

「お言葉なれど、火竜王」

沙蘭は鼻先を精一杯上向ける。

「この沙海は、西の胡の国、東の華の国と、大国に挟まれた相剋《そうこく》の地。そのような土地の者は、そのようにしか生きられぬのが宿命ではございませぬか」

「俺はそうは思わん」

深く鋭い声が告げる。

「沙蘭、わが火竜軍の掟《おきて》はふたつだけだ。潰されたくなければ潰せ。欲しければ奪え。華帝国の思惑がどうとか、この沙海の地勢がどうとか、七面倒くさいことをつらつら考えても、しがらみで身動きが取れなくなるだけだ。その典型的な一例が天蘭だ。そうではないか？」

明快だ、と沙蘭は思った。この難しいことをあえて考えさせず、ただ強ければそれでよしとする明快さが、あるいはこの若き王者の旗下《きか》で戦う者たちの強剛さの源《みなもと》かもしれない。だとすれば、天蘭にとってはますます恐るべきことだ。

「沙蘭」

火竜が甲冑を鳴らして、玉座から立ち上がる。その迫力ある姿に、沙蘭はつい気圧《けお》された。

「天蘭の選べる道はふたつだけだ。この火竜に降るか、降らずに潰されるか……どちらを選ぶ？」

「ろ……籠城して持ちこたえれば、いずれ華帝国の援軍が来襲いたします！」

「そんなものは来ない」

征服王は断言した。

「そんなものは来ない。沙蘭、今、華は老耄《ろうもう》した皇帝が政に興味を失って後宮に籠もりきりになり、佞臣《ねいしん》どもの跋扈《ばっこ》によって国内が荒廃している。去年あたりから、飛蝗《ひこう》の害があった北部を中心に飢饉《ききん》も始まっている。なかなか、他国への援軍になど、腰が上がるまいよ」

「……」

「天蘭も、幼主を頂きながら頼みの宰相までもが病に倒れては、抵抗のしようもあるまい。内紛が起きぬうちに降伏したほうが身のためだぞ」

火竜がさらっと口にしたことに、沙蘭は目を瞠る。

「――ど……」

どうしてそれを、と口走りかけて、寸前で噤む。その様子を、火竜は嬲《なぶ》るような目で見下ろしてきた。

（内通者か――！）

　あるいは天蘭攻略に乗り出す以前から、この国の中枢に網を投げていたのかもしれない。でなければ、どれほど強大な軍事力を持とうと、華帝国の後ろ盾を持つ天蘭に、今この時期を狙い澄ましたように手を出そうとは企むまい。

　思えばこの男は、無頼時代から情報収集に長けていた。あの時も、ものの数日で沙蘭の生母に関する情報を集めてみせた。強欲な征服王、という単純な表の顔は、決してこの男のすべてではないのだ。

「沙蘭」

　火竜が歩を進める。美麗すぎる軍装が、かちゃり、と音を立てる。

　沙蘭が、はっ、と顔を上げる。

「俺は欲しいものは力で奪う。それだけだ」

「ッ……」

「俺が欲しいものはふたつ。水利に恵まれた天蘭の国土と利権。そして――」

　驚くほど熱い指に、顎先を持ち上げられる。

「沙蘭、お前だ」

　そして無慈悲に告げた唇が、飢えた獣のような激しさで食いついてきた。

「う…………！」

　ぬるり、と捩《ね》じ込まれる舌。顎に食い込む指。食い荒らすような接吻――。

「んっ……」

気持ち悪さにではなく、苦しさに呻《うめ》くと、火竜は存外あっさり唇を離した。

そして鼻先を突き合わせるような距離で囁く。

「よもやまさか、お前が自らこの火竜のもとへ足を運んでくるとはな、沙蘭」

にやり、と笑う顔。

「まこと名の通り、蘭花のごとく美しい若者に育ったと、風の噂に聞いていたぞ」

「お……王？」

嫌な予感に、ぞくり……と肌が粟《あわ》立つ。

「いささか予定が狂ったが、まずはお前を劫掠《ごうりゃく》してから、天蘭を劫掠することにしよう」

その言葉の意味を悟った瞬間、沙蘭は目の前が昏くなるのを感じた。さすがに、十年前とは違う。二十歳の大人ともなれば、十歳の少年にはわからなかったものも理解できる。

――犯す気なのだ、このわたしを、今ここで……！

沙蘭は火竜の体を突き飛ばし、身をひるがえした。天幕から飛び出したところで、だが、待ち受けていた天風に片手で捕らえられる。

「は、放して下さい！」

天風は、無表情に「それはできんな」と応える。

「天風さん！」

腕を掴まれ、強引に天幕の中に連れ戻される。待ち受けていた火竜が、傲然《ごうぜん》と立ちはだかりながら命じる。

「尻をめくって、這《は》わせろ」

「……は」

決して喜んで、ではない声音《こわね》ながら、天凮は沙蘭を絨毯《じゅうたん》の上に組み伏せにかかる。沙蘭は身を捩り、「やめて！」と抵抗した。

「や、やめて……やめて下さい！」

「……すまんな」

天凮は一切の感情を殺したような表情で、沙蘭の腰帯を解く。

「ご主君の所望《しょもう》だ。耐えてくれ」

そしてその帯で、手際よく沙蘭の両手首を背後で縛り上げた。

「い、いやだ……！」

それでも精一杯、捕らえられた鹿のように、沙蘭は暴れた。

殺されることは覚悟していた。だが、男の身でありながら凌辱《りょうじょく》されることは、想像すらしていなかった――！

背後では、火竜ががちゃがちゃと金属音を立てながら、甲冑を脱いでいる。主君が次々と甲冑を脱ぎ捨てるのを見て取った天凮が、幾重にも絹地が重なる沙蘭の裾をまくり上げた。膝を突いた姿勢で下着を奪われてしまえば、もう無防備そのものの姿だ。

「王、火竜王！」

沙蘭は押し伏せられた姿勢から男を見上げ、懸命に叫んだ。

「お慈悲を……！　見せしめに辱《はずかし》めるくらいならば、殺して——今この場で、ひと思いにこの命をお取り下さい……！」

「勘違いするな、沙蘭」

ゆっくりと近づいてきた火竜が、低い声で告げる。

「お前は俺の獲物だ。辱めるのではない。味わうのだ。たっぷりと、満足するまでな」

「……ッ……！」

「泣き叫んでもいいぞ」

くすくすと笑う声。

「お前が供に連れてきたあの小僧が気づいて、助けに来るかもしれん。まあ、そうなっても、この天風の刀の錆《さび》にされるだけだがな」

「……！」

絶句した沙蘭の口に、天風が丸めた絹地を押し込んでくる。その上からさらに、絹紐を嚙まされて、

「う」と呻く。

舌を嚙めないようにされたのだ——と悟り、沙蘭は絶望感に悶えた。

火竜が沙蘭の背後に跪《ひざまず》いてくる。

それと入れ替わるように、天風が退いた。

「ご苦労。呼ぶまでは入って来るな」

無言で一礼する気配と共に、ばさり、と幕が下りる音が、合図だった。

火竜の手が、尻に触れる。手触りを確かめるように丸みを撫でて、そして――。

「ほう」

感嘆《かんたん》の声。

「来る前に湯浴みをしたのか？　まるで抱かれる準備をしてきたかのようだな」

「……っ」

「香油まで使って……これは、柑橘か……？」

うなじの上で、くん、と鼻を鳴らす。

「悪くはないが、お前には花の香りのほうが似合うだろう。薔薇か、茉莉花《ジャスミン》か……」

今度、入手してやろう――と告げながら、指で孔をえぐってくる。

「――――ッ！」

屈辱と、痛みが、沙蘭の心に刃を走らせる。

それから、くちゅ、くち……と解される音が、しばらく黙々と続いた。何を使っているのか、時折ぬめりが継ぎ足される。

「う……、う……、う……！」

助けて、と沙蘭は心の中で願った。誰に、というのではない。しいて言えば神仏にだろうか。助けて、どうか助けて……！

「誰も助けには来ない」

もがく沙蘭の腰を掴んで、火竜が低く囁く。

「諦めろ――」

何か、焼けつきそうな程に熱いものが蕾に触れると同時に、引き寄せる力がかかる。

その瞬間、青い瓜《うり》のように清らかな腰を、肉の剣が断ち割った。


――それからの、薄暗い天幕の中で犯され続けた間のことを、沙蘭はよく憶えていない。

ただ、体の中を荒らされる痛みを、ひたすらに耐えて過ごした。

中に感じる火竜の強靭《きょうじん》な反りは、沙蘭の肉が爛《ただ》れて腫《は》れ、腐熟したようになってもなお、硬いままだった。時折、熱湯のようなものを吹き出し、沙蘭の中を灼いて柔らいでも、またすぐに復活する。

幾度もそれが、繰り返された。

「沙蘭――」

囁きが聞こえたのは、ゆさゆさと揺さぶられている最中《さなか》だ。

「沙蘭……俺の沙蘭……」

下腹の内側が熱い。

きっともう、腸《はらわた》が爛れて溶けてしまっているに違いない。涙に溶けてもう見えない、この両眼のように。

「俺のものだ……これでお前は、俺の――」

たぎるように熱いその声を聞きながら、沙蘭の意識は闇に落ちていった。

……得も言われぬゆかしい香りの中で、沙蘭は目を覚ました。

壮麗と言っていい高い天井。微風に揺れる紗《しゃ》の帳《とばり》を垂らす天蓋。庭の露台ほどもある、広い寝台。体をやさしく包む絹の褥。天井に開けられたあかりとりの窓からは、すでに真昼に近い時刻の陽が差している。

鳴き交わす鳥の声。噴水の音――。

宰相家の見慣れた房ではない。それよりももう一段、豪華で静かな房《へや》だ。

「……っ……」

身じろごうとした途端《とたん》、腰に走った疼痛《とうつう》に、沙蘭は顔を歪めた。意識がない間に拭き清められたのだろう。それ以外に、体に不快感はない。長い髪も、きちんと櫛を入れて梳かし、枕元に広げてある。

(――殺されなかったのか……)

落胆でも安堵でもない、砂のように乾いた感情が胸を満たす。宰相家の御曹司ともあろう者が、女性のように凌辱されて、なお命があるとは――。

「みっともないことだ……な」

口にした自嘲に、「そんなことはない」と思いがけず返事があり、沙蘭は思わず悲鳴が漏れるほどに驚いた。

「試練を耐えきった者を、よく辛抱したと褒めこそすれ、けなすのは人間のすることじゃない。あんたは男の無体な扱いに耐えて己れの命を守った。それを恥に思うことはない」

円柱の陰から現れたその葦のような痩身を、沙蘭は紗の帳《とばり》を通して凝視した。それは主君の行為に手を貸した、共犯の男だった。

「天風、さん……」

「具合はどうだ」

いつもながらの無表情が、少し斜めに傾いて沙蘭を見つめてくる。

「熱を出して、三日ほど意識がなかったが」

「三日……？」

ではあれから、三日も経っているのか。天蘭の危急存亡の時に、自分は三日も寝付いたままだったのか――。

「……ッ！」

上掛けを払って、飛び起きる。しかし上半身を起こしたところで、かくりと力が抜けてしまった。

紗の帳を払って覗き込んできた天風に、沙蘭は「近寄らないで！」と叫んだ。

「おい、大丈夫か、どこか痛むのか？」

「触らないで――！　触らないで、下さい……！」

褥の上に肘を突いて、かろうじて体を支えながら、拒絶する。天風はそれを容れ《い》、「わかった」と応えて幕の向こうに引き下がった。

それでも、男は房から立ち去ろうとはしない。少し離れたところから、沙蘭の様子を窺っている。

――心配しているのだろうか……？　せっかくの獲物が、首でも括《くく》りやしないかと。それとも、責任を感じているのだろうか。人倫よりも主君への忠誠を取って、あの非道な凌辱に手を貸したことに――。

沈黙が続く。

その間も、外では平和で長閑《のどか》な鳥の声が、求愛の歌を鳴き交わしている。

「……ここは……どこ、ですか……？」

ようやっと動揺を鎮《しず》めた沙蘭は、顔を上げ、掠れる声で尋ねた。

「天蘭王宮の奥殿《おくどの》だ。いわゆる後宮、だな」

「――えっ」

「さすがに、宰相家御曹司のあんたでも、今まで入ったことはなかっただろう？　ここは一番身分の高い后妃《こうひ》に与えられる房だそうだ」

天風が、感慨深げに周囲を見回す。王の後宮といえば、究極の男子禁制の女の園だ。王ではない人間が目にする機会は、そうそうあるものではない。好奇心が湧くのは当然だろう。

「まあ、ここ数年は時折掃除の手が入るだけで、実際には使われていなかったそうだが――」

使われていなかったのは、当代の天蘭王がまだ幼児で、王妃も側室もいなかったからだ。なぜそんな場所に男の自分が――と考えかけて、沙蘭は真っ先に尋ねるべきことがあることに気づく。

「王は？　天蘭はいったいどうなったのですか？　わたしが眠っていた間に、いったい何が――」

「すべてが俺のものになったのさ」

天凰ではない男の声が応えた。

「沙蘭――お前も含めてな」

弾かれたように、沙蘭は声のしたほうに目を向ける。庭を囲む形で列柱が立ち並ぶ廊下を、火竜が一歩一歩踏みしめるような足取りでやってくる。

その装いは、天幕で相対した時の甲冑のように、極彩色の絹に金糸銀糸をふんだんに刺繡した、悪趣味なほどに豪奢なものだった。天凰は振り返ってひと目見るなり顔を顰め、「あんたまたそんな――」と苦言しようとする。それを火竜は、手のひと振りで遮った。

天凰は諦めのため息をひとつついてから、一歩退いて、主君に場所を譲る。

のしのしと寝台に歩み寄ってきた火竜は、当然の権利のように、紗の帳を払いのけた。

沙蘭は引きつるような悲鳴を上げて飛び退いた。そしてそのまま、広い寝台の、反対側の端まで距離を取る。

「……たまらないな」

火竜は青い目を眇め、そんな沙蘭を凝視した。熱くて昏い、狼のような目だ。

「犯されたあとの痛々しさと、世にも稀《まれ》なる美貌が合わさると、こんなにも罪作りなものなのか」

「火竜……王……」

着せられている寝衣の襟元を、思わず掻き合わせる。そうだ、自分はこの男に……と、沙蘭は改めて記憶を蘇らせる。

まだ未熟で青い果実を断ち割り、こじり回すように潰して、その果肉をさらに掻き回した肉の剣。

体の中に感じた、その反り。その硬さ――。ぼんやりとした記憶の中で、それだけが凝ったように鮮明だ。

体を引き裂かれる痛みと、それ以上に苦しかった屈辱感。まさかあのように扱われるとは思いもよらず、のこのこと敵陣に向かった自分のうかつさへの憎悪――。

「天蘭は――……どうなった、のですか……」

そのすべてを呑み込んで、沙蘭は重ねて尋ねる。震える声での質問に、火竜は「やれやれ」と呟いて、寝台の端に腰を降ろした。

「いきなり野暮《やぼ》なことを聞くものだ。自分をものにした男を前にして、色事ではなく政《まつりごと》の話か？」

「わたしは天蘭王にお仕えする身です。公人として――国を案ずるのは、当然の義務です」

個人的な感情をいったん脇に置いてでも、まず真っ先に主君や国家を案ずるのは、立場上当然のことだ。そう告げると、火竜は何やら不満げな顔をした。

「……わかった。教えてやろう」

不満げながら、そう呟いて肩をそびやかす。

「お前を犯し終えてから、すぐに攻撃を命じて、天蘭は落ちた。多少抵抗はされたが、あっけないものだったぞ。城郭を突破してからは、王宮まで一直線だった」

「……民たちは……？」

この非道な男の率いる軍に侵入されたのだ。さぞや無残に劫掠されただろう――と陰鬱な予感を抱いた沙蘭だが、意外なことに、火竜はそれを否定した。

「一応、無益な殺生《せっしょう》はするなと命じておいたから、無抵抗の者に死者は出ていないはずだ。それに天蘭の場合、王侯貴族の家屋敷に財宝がうなっていることはわかりきっているからな。宝の山を前にして、わざわざ貧乏人の家を襲う奴はいないさ」

つまり王侯貴族の家は襲われたということだ。おそらく沙蘭の生家も、だろう。

だがそれは、仕方のないことだった。沙海地方では、軍隊による略奪は必ずしも悪とはみなされない。勝者の当然の権利、時には経済行為や産業とすら考えられる。水が乏しく、極端に生産能力の低い土地ゆえに、他者から奪うしか生きる術がない人々が少なくないからだ。無辜の貧しい民たちが虐殺されなかっただけ、ましというべきだろう。

「では、王は――？」

「捕らえたが、殺してはいない」

「今はどこに？」

「それは教えられないな」

「なぜです！　わたしは王の――」

火竜は口元を歪めた。

「お前は今日から、この後宮で、俺の妾として過ごすからだ」

「……ッ……！」

「前の主君のことなど、もう知る必要はない」

ピピピッ……と、小鳥が梢を蹴って飛び立っていく。

陽光あふれる庭。水の音……。衝撃のあまり声も出ない沙蘭の心象とは、あまりに対照的な光景だ。

男の青い目が、そんな沙蘭の体を舐め回す。長い髪、顔から首筋へ、寝衣一枚の胸元と腰、そして褥の上に折りたたまれた、剝き出しの両脚へ――。

すらりと立ち上がった火竜を、沙蘭はびくりと慄きながら見上げた。

「心を決めておけ、沙蘭」

残酷な宣告が下される。

「これから、たっぷりと時間をかけて、その体を仕込んでやろう。ただ美しいだけではない、俺を悦ばせ、お前自身も愉しめるような、淫らで、疼きやすい体にな」

「な――」

「一度男の味を覚えた体だ。造作はない。じきにお前も、俺に跪いて、どうか可愛がってくれと懇願するようになる」

「…………ッ…………！」

沙蘭が絶句したのは、瞬時に、火竜の予言が現実のものになるだろうと予感したからだ。

身悶えて拒んでも、易々と沙蘭の体内に侵入してきた肉の剣。その硬さ。その強さ。幾度も味わわされた、熱湯のような奔流を叩きつけられる感覚。

この男には、沙蘭の心身を征服することなど、造作《ぞうさ》もないだろう。この体のすべてを、仔羊のように喰らい尽くした、この狼のような男には――。

「い…………」

嫌だ。

沙蘭は絶望感に閉ざされながら、思った。一国の宰相家の跡取りとして生まれながら男に犯され、国を滅ぼされ、主君を追われて、その上なお、心も体もなぶりものにされる運命を甘受せよとは――。

「嫌だ――――！」

これを逃れる方法はひとつだけだ。

心を決め、顔を上げた沙蘭が自らの舌に歯を立てたその瞬間、顔色を変えた火竜が動いた。

瞬時にして沙蘭に躍りかかり、寝台に引き倒すと、容赦なくその頬に掌を振り下ろす。

びしり、と鋭い音。

「ご主君！」

何を、と乱暴を諫《いさ》める天風には目もくれず、

「馬鹿が、何て事を！」

火竜は大きな手で沙蘭の顎を摑み、体重をかけて押し伏せながら、目を吊り上げて怒鳴り上げる。

「沙蘭お前、今、舌を嚙もうとしたな！」

「う……く、ふ、う……！」

「死んで――俺から逃れようとしたな！」

火竜は蒼白になっていた。その双眸と同じくらい青い顔で、はー、はー、と肩を上下させている。

沙蘭は口元を縛《いまし》められたまま、目を瞠り、その顔を見上げていた。凍りついたような恐怖の表情。

この男のこんな顔は、初めて見る――。

ぎりっ、と歯を噛み合わせる音。火竜の内心が、どうにかぎりぎり、狂乱の淵から戻ってきたことが、目の色からわかる。

「いいか、沙蘭」

ぐっ、と手の力を強めながら、火竜は地の底から響くような声で告げた。

「もし今度、命を断とうなどとしてみろ。お前の母がどうなるかわからないぞ」

「ッ！」

男に馬乗りされた沙蘭の体が、ぴくん、と跳ねた。その反応に、脅しの効果があったことを確信したのだろう。火竜はやや表情を取り戻し、そして、にやりと笑った。

「十年前、お前に知らせてやったな。お前の母は、一度実家《さと》に戻されたものの、その後またこの沙海の国に嫁いできたと。今では北路の要衝・西理国の王太子妃だと」

「…………う」

「その西理国も、つい先日、月弓国に降った。当然、お前の母も虜囚《りょしゅう》にしてある。夫だった王太子は殺したが――ふたりの男児はまだ生かしてある」

凄みのある笑みが、火竜の満面に広がる。

「未亡人になった母に、さらに子を殺される悲哀を味わわせるか？　それとも、お前にしてやったように、母の体を皆でよってたかって……」

「ン――――ッ！」

口を塞《ふさ》がれながら、沙蘭は懸命に首を左右に振った。声にならない呻きを上げながら、目で必死に懇願する。

それだけはやめてくれ、と。乳飲み子で別れたきりの縁の薄い息子のために、遠く離れた場所で新しい幸せを摑んでいた母に今さら累《るい》が及ぶなど、ひどすぎる――！

「では――もう、自害などしないな？」

こくこく、と頷く。

「大人しく、俺の愛妾として、この後宮で暮らすな？」

こくり、と頷く。

「体が回復したら……閨で、俺の相手を務めるな？」

一瞬の躊躇。

――承諾すれば、おそらく生涯、男と交わるあの苦悶と屈辱から逃れられない。だが断れば、母と、自分とは父を異にする弟たちの命が……。

沙蘭は目を閉じ、震え慄きながら、こくん……と頷いた。

「……よし」

安堵と残忍な満足感をないまぜにした呟きが降ると同時に、男の手が離れた。

火竜が寝台から降りても、沙蘭は横たわったまま、身じろぎもできなかった。

ただ、涙が――嗚咽《おえつ》もなく流れた。

「泣くな、沙蘭」

覆いかぶさってきた火竜の唇が、傲慢な命令を発する。

「泣くな――」

「………ん、ん……」

重なってきた唇に、舌を口中に受け入れさせられながら、男の体の下で、沙蘭はひくひくと身悶えた。

美しい、手負いの鹿のように――。


沙蘭は浴室の隣に設けられた化粧室で、裸体にうすもの一枚をまとい、髪を梳《くしけず》られている。

「ふむ」

背後から、矯《た》めつ眇めつするような老人の声。

「これは確かに、すばらしいお髪《ぐし》じゃ。華の国とてもこれほどの黒髪の持ち主は、なかなかおるまいのう」

「したが竹林《ちくりん》よ。薔薇《ばら》の香油をお合わせせよとの火竜王の思《おぼ》し召しじゃが、正直、よい選択とは申せぬのう。沙蘭さまにはもっとゆかしく、上品な香りのほうがお似合いじゃのに……」

「まあまあ、梅林《ばいりん》。あの火竜王に、そのような奥深い風趣を理解せよというのは、いささか無理な注文であろうよ」

沙蘭の周囲で甲斐甲斐しく働きながら、いささか大胆な会話を交わしているのは、小人のように背丈の低いふたりの老人だ。頭巾《ずきん》で頭部をすっぽり覆った華国風の長い衣装は、このふたりが宦者《かんじゃ》――

去勢を受けた者――であることを示している。だがそれ以上に特異なのは、ふたりの容貌にまったく異なる点がないことだった。白髪一筋、皺《しわ》一本に至るまで、まるで一枚の絵から写しを取ったようにそっくりなのだ。

双子であることも小柄であることも、世にままあることで、特段不思議というわけではないが、そのふたつが合わさると、途端に何やら精霊か仙人めいた雰囲気になってくる。選任の世話役としてこのふたりの宦者に引き合わされた時、沙蘭は内心ひそかに（人形《ひとがた》が動いているかのようだ……）と思ったほどだ。

実際、双子は不思議に浮世離れした性格の持ち主だった。何やら複雑な経緯があって華帝国から流れてきたところを、行き倒れ寸前で火竜に拾われた、とのことだが、それだけの恩義を蒙《こうむ》っておきながら、火竜に対して皮肉や批判めいたことを平気で口にするのだ。

曰く、趣味が悪い。

曰く、風雅というものを理解しない田舎者である――。

「……ま、この沙蘭さまを寵者に選ばれたことだけは、お目が高いと褒めて差し上げましょうかのう」

自らが直接仕えている沙蘭に対しても、どこかモノのような言い方をする。それで無礼を咎《とが》められて怒りを買い、死を賜ろうと、その時はその時――とでも言うような大胆さと呑気さだ。人としての恐怖心や不安を、どこかに置いてきたような奇矯《ききょう》さだった。

「しかしまあ、わたくしめも梅林も、この齢にして沙蘭さまのような美しい方にお仕えできましょうとは、望外の喜びでございますわい」

竹林が感慨深げに呟きながら櫛を動かす横で、化粧《けわい》道具を整えつつ、梅林が「左様左様」と頷く。

「どのようなお方であろうと、わたくしどもがいたす務めは同じなれど、同じお仕えするならば、磨けば光るお方のほうが甲斐があるというものですからのう……」

ほほほ、ほほほほ、と双子の老人は同じ声と同じ表情で笑う。

実際、この奇妙な老人たちの、貴人の寵者に仕える者としての腕は大したものだった。沙蘭はまだ床上げする前からこの老人たちが調合する薬湯《やくとう》を飲まされ、薬膳《やくぜん》を勧められて食べ、寝台に横になったまま手足の先を揉《も》まれて、鍼《はり》や灸《きゅう》の治療も受けた。無理矢理に犯されて裂かれた秘孔にも、たっぷりと膏薬《こうやく》を塗り込められた。

三日ほどで寝台を離れてからは、爪を磨かれ、髪を手入れされ、日に一度の入浴のたびに、裸体のまま横たわるように促されては、生薬《しょうやく》を溶かし込んだ油で全身を磨き上げられた。日が暮れてからは灯火の下で、一冊の図録を紐解くように勧められ、何かと思って受け取れば、それは貴人が美青年を寵愛する様子を、体位ごとに百にも及ぶ絵図に描き分けた艶画集だった。双子の老人はそれを、沙蘭の前で大真面目に絵解きし、貴人の褥での心得や作法を教え込んだ。それは華帝国の宮廷では、当然のように行われる寵者への「教育」であるらしかった。

普通の神経であれば、耐えられないような異常な日々を、だが沙蘭は気丈に耐え、受け入れた。今宵これから、火竜に抱かれる――ということも、きちんと理解している。

逃げるつもりはない。

拒むつもりもない。

たとえこの身が裂かれ、襤褸《ボロ》のようにされようとも、沙蘭は火竜に忠実に仕え、満足させてやるつもりだった。もはやそれしか、自分にできることはなかったから——。

（母たちをを守る——）

沙蘭は、天蘭国の執政者としては何もできなかった。病に倒れた父の名代でありながら、国も、主君も守れず、おめおめと侵略者の虜囚にされてしまった。

だからこそ、未亡人となった母と、その子らの命を守るためならば、何でもする。今度こそは、守りきってみせる。

自らの誇りを守る方法を、沙蘭はもう、それ以外に持たなかったから——。

（ただ——）

身にまとううすものを、膝の上で握りしめながら思う。

——一度男の味を覚えた体だ。造作はない。じきにお前も、俺に跪いて、どうか可愛がってくれと懇願するようになる……。

そうだ、すでにこの体は清らかではないのだ、と沙蘭は改めて愕然とする。女体を知りもしないうちから男に組み敷かれ、その熱精を孕まされて、無理矢理「女」にされてしまった体だ。そして火竜は、今はかろうじて沙蘭のものであるこの心も、これから少しずつ屈服させてゆくつもりなのだ——。

（怖い）

——怖い……あの男が……昔とすっかり変わってしまった、あの男が怖い——！

体をかたかたと震わせる沙蘭に、竹林が「おやおや」と含み笑った。

「ご懸念《けねん》なさいますな、沙蘭さま。お美しいあなたさまなれば必ず、王をご満足させて差し上げられましょうぞ」

「……っ」

「どうか、お心を尽くしてお仕え下されませ。火竜王も、それを待ち焦がれておられまする。お美しい沙蘭さまが、身も心もご自分のものになられる日を——」

竹林と梅林が、口々に沙蘭を慰めてくる。

だが、貴人の後宮で人生の大半を送り、色でもって人に仕えることに疑問を持たない老人たちには、わからないのだ。

宰相家に生まれ、その跡取りとして厳格に育てられた沙蘭が、男でありながら男に色で仕える身にされた、その屈辱など——。

「——ッ」

嗚咽を堪えようとする沙蘭の呻きが、庭から漂ってくる夜の空気の中で震えた。


双子の宦者に導かれて火竜の閨に召された沙蘭を迎えたのは、沙蘭と同じくうすもの一枚の姿で、行儀悪く足を組んで椅子に掛けている火竜だった。いらいらと椅子の肘掛けを指で叩きながら、「遅いッ」と呻き、睨みつける。

「たかだか風呂に浸けて髪を梳かすのに、月が真上に昇るまで時間をかけるのが華の国の流儀か！」

「お許し下されませ、王よ」

征服王の怒気を前に、双子は態度だけは慇懃に平伏しつつ、いけしゃあしゃあと言い訳を始める。

「沙蘭さまは磨けば磨くほど輝かれる、宝石のごときお方。わたくしめも梅林も、ついお役目を越えて励んでしまいましてございまする」

「……む」

「それに、このような場合、ある程度殿方をお焦らしするのも作法のひとつでございますゆえ――」

火竜はふんと鼻を鳴らし、だが顔つきのほうは意外にまんざらでもない、という風で椅子から立ち上がる。

うすものを掛けた、裸身同然のたくましい体が、沙蘭の目前まで歩み寄ってくる。そしてじろりと、上から下まで凝視された。

男の視線が舐める部分に、虫が這うような感触が走る。沙蘭は目を閉じて震えながら、ひたすらそれに耐える。

「……本当に、お前たちの言う通りになったのだろうな？」

これは双子に向けて告げた言葉だ。

「もちろんでございまする」

竹林かそれとも梅林か、見分けのつかない双子の片割れが、一礼しつつ応える。

「わたくしどもの秘術のすべてを挙げて、磨き、研ぎ上げさせていただきました」

「どうか、存分にご賞玩《しょうがん》下されませ――」

そう告げるや、双子の宦者は、身を屈めたままの姿勢で、油を撒いた床の上を滑るように、すー……と背後の闇に消えてゆく。

退室したわけではなく、闇の中から、閨の成り行きに目を凝らしているのだろう。同衾《どうきん》相手から害されないよう、王や皇帝の情事は常に第三者の監視のもとに行うのがしきたりだ。

王に相対し、作法に従って跪こうとした沙蘭を、火竜は制止した。

「顔を上げろ、沙蘭」

有無を言わせぬ命令。

「俺を見ろ。今から自分を抱く男の顔を、その目でしっかりと見るんだ」

「……ッ……」

沙蘭は躊躇しながらも、その命令に従った。見開いた黒い瞳に、蒼穹の色をした青い目が、食らいつくような視線を送り込んでくる。

――ああ、やはり……。

閨は天幕の中よりも暗かったが、もはや思い過ごしではありえなかった。火竜の目は、十年前には確かにあった陽気な光を吹き消したような、昏い闇に満たされていた。月も星もない夜のような。気味の悪い冷風を吹き上げる、底なしの洞穴のような――。

（違うのだ――この人は、もう……）

この男は、もう、十年前のあの青年ではないのだ。沙蘭は痛みと共に思い知った。十年前、お腹を空かせていた沙蘭を憐《あわ》れんで、自分の食べ物を分け与え、珍しい異国の玩具を――あれは、何という名前だったか——気前よく寄越し、沙蘭が生母と生き別れていると知ると、手を尽くしてその消息を調べてくれた、気のいい無頼漢の青年は、もういないのだ。今、目の前にいるこの男は、沙蘭の故国を滅ぼし、主君をその玉座から追放した仇敵《きゅうてき》なのだ——。

——ぎゅ、と胸が痛む。

（どうして……）

沙蘭は恐怖、そして悲しさと怒りの入り混じった思いで、男の目を見つめる。

どうして、この男はこんな風になってしまったのだろう。会うことがなかったこの十年の間に、この男に何があったのか。そして何より、どうしてこの男と自分は、こんな運命に……。

沙蘭が慄きながらも、自分を見たことに満足したのだろうか。火竜は口元に微笑を刷いた。嬉しげではあるが、どこか獣じみた笑みを。

「お前ほど美しい者は、この地上のどこにも……月にすらいないだろうな、沙蘭……」

男の手が両肩にかかる。抱き寄せられる、と思った刹那、響き渡る絹を裂く音。

ふたつに裂かれたうすものの布《きれ》が、足元にふわりと落ちる。

裸身を晒された沙蘭は、とっさに恥部を隠そうとした手を、ぱしりと摑まれた。そのまま、吊り上げられるように両手首を挙げさせられる。

「や、っ——！」

昏く青い目で、ねっとりと裸体を視姦される。その激しい羞恥に、沙蘭は身を捩った。

次の瞬間、男の肩の上に担ぎ上げられる。

「あ、っ——」

腹の下に、男の肩の筋肉の硬さを感じる。そのまま五歩ほど運ばれて、寝台を包む幕をめくりあげ、どさり、と寝台に落とされる。

厚い絹の褥と、豪奢な刺繍を全面にほどこした敷布に、体が受け止められる。投げ出された体勢を立て直す暇も与えられずに、すぐさま、さらりとうすものを脱ぎ捨てた男の裸体が伸し掛かってきた。

「——ン……ッ」

そして浴びせられる、飢えたような接吻。

「ん、ん……っ」

猛り立った火竜は、巨大な狼のようだった。飢えて瘦《や》せ、柔らかな羊を狙《ねら》って踊りかかる狼。急所に牙を立てれば、あとは腹がくちくなるまで、本能のままに、ただひたすら貪り喰らうだけだ——。

「や、っ——！」

一度はもぎ離した唇を、顎を摑まれ、引き戻される。薄い胸の上に、たくましく厚い胸が伸し掛かり、熱い肌を隙間なく合わせられる。

「いや…………」

沙蘭は思わず、両手で男の胸を突き放そうとした。尖る乳首の感触が沙蘭の胸板の上で転がり、沙蘭のそれもまた、男の厚い胸肉を突いている。その小さく鋭い痛みは、だが肉の奥、体の芯に沁みるにつれ、奥深い場所を疼かせる、むず痒い何かに変化してしまうのだ。

——一度男の味を覚えた体だ。造作はない……。

耳の奥に男の声が、呪いのようによみがえる。

（嫌だ――！）

沙蘭は男の胸との間に、どうにか隙間を作って逃れようとした。だがその拒絶は、瞬時に罰を受けた。火竜は沙蘭の両手首を摑み、褥に磔《はりつけ》ると、もはや何ひとつ守るものがないその胸の尖りに、自身の尖りをしたたかに擦りつけてきたのだ。

「あッ――！」

痛い――！

痺れるような感覚に、沙蘭は喉首を反らして、もがく。幾度も幾度も、男に胸の上を往復され、あるいは円を描かれるたびに、鋭い痛みが走り、濡れた悲鳴が漏れた。

「やめ――やめて、やめて下さい、お願い……ッ！」

「拒むな、沙蘭」

拒むのも逃げるのも許さない、とばかり、男が前のめりに体重をかけてくる。

「これが感じるのだろう？　なら、たっぷりとくれてやる」

「嫌――ッ」

「遠慮などするな。そら、もっと鳴け。もっと淫らな声で鳴いてみせろ。盛りのついた猫のようにな」

「も、もう、やめて、やめてッ……！　あ、ああっ……！」

沙蘭の中で、膨らみきった何かが小さく爆ぜた。その余波のようなものが下腹に走り、性器の中を貫く細い管を迸《ほとばし》る。ぷつりと小さな感触と共ににじみ出たそれは、男の腹に染みを作った。

「――――ッ……！」

沙蘭は、自分の中で何かが散るのを感じた。熟れた果実を石に叩きつけるように。満開の薔薇が、風に吹き散らされるように。

「――――っ…………」

屈辱と、羞恥。

「驚いたな――」

自身の腹を濡らした粘液を手に取り、呟く。

「ほんの半月前、青くて硬い果実だったものが、ここまでかぐわしく熟れるとは」

「……や…………」

「誰よりも熟れた、淫らな体に仕込んでやる――と売り込まれたが、まさか本当にそうなるとは……」

感嘆の呟きに、沙蘭は悟った。

あの双子だ。あの後宮の秘術に通じた老人たちが、ずっと沙蘭の体を変化させるものを投与していたのだ。あるいは薬湯ではなく、体に塗布《とふ》する油に溶かし込まれていたのかもしれない。感覚が鋭敏になり、愛撫に感じやすくなる成分を。

火竜を悦ばせ、自らも淫らな悦びに溺れる体に、肉の玩具に――沙蘭はいつのまにか、作り変えられていたのだ……。

「そ、んな……」

茫然とする沙蘭の膝裏に、火竜の手がかかる。抵抗する間もなく左右に引き開けられて、膝頭の間に、男の顔が入ってきた。

「王――！」

迸る悲鳴に、

「味見をさせろ」

淫靡《いんび》な呟きを零した口が、舌先を伸ばして、屹立《きつりつ》の先端を突《つつ》く。

「アッ……」

腰が、ぴくりと跳ねる。

まさか、と慄く沙蘭の性器を、火竜はすっぽりと深く口に含んだ。

じゅう……と吸い上げる音。

「ひあっ！」

沙蘭の背が反った。痛いほど尖ったままの乳首を天に突き出すように胸を反らし、波打たせる。

男が舌を使うたびに、悶える膝頭がその頭の左右で揺れた。引き剥がそうと髪を摑んだ手は、そのまま、髪の上で震えるだけだ。

「王っ……火竜、火竜王っ……」

石蜜のようにしゃぶられ、果汁のように啜《すす》られる。その容赦のない舌使いに、沙蘭は悟った。火竜は快楽を与えているのではなく、誇りを奪っているのだ。恥辱の刃で心を斬り裂き、そのしたたる血を味わっているのだ。

「ぁ……ッ……！　だめ……だめ……ッ」

拒もうとして、だが沙蘭は拒めなかった。体の中でのたうち始めた何か熱いものは、抗うにはあまりにも強烈だった。髪が乱れてもつれ、顔にかかる。流れるように削げた腹が波打ち、限界を告げた。

「ッ——！」

堰《せき》が切れる。

信じがたいことに、火竜は沙蘭が放つ瞬間も、性器を口に含んだままだった。ひるむ様子もなく喉奥に受け止め、躊躇もなくごくりと呑み込む動きが、沙蘭の先端に伝わってくる。

「あ……あ……」

沙蘭の頬を涙が濡らした。横を向くその顔を、火竜が強引な手つきで正面に引き戻す。涙に潤《うる》み、恥辱に苦しむ黒い目と、残忍な所有欲を満たした青い目が、見つめ合う。

「これでお前も、罪人《つみびと》だ」

残酷な宣告が下る。

「お前もまた、俺を穢した」

沙蘭は目を瞠った。

火竜は沙蘭に、一方的に被害者でいることを許さなかったのだ。無理矢理に感じさせ、快楽で苛んで、沙蘭を共犯者にしたのだ。

「ひどい……」

哀しげに怨みの声を上げると、火竜は残忍な笑みを見せる。

「ひどいのはこれからだ」

両膝の裏をその肩に担ぎ上げられる。反射的にもがいた抵抗は、「自分だけ気持ちよくされて終わるつもりか？」という嘲笑に、あえなく封じられた。

「……ッ」

「――楽にしていろ」

無体なことを言いつつ、火竜は枕元の道具箱から、本物の貝殻を装飾して作られた容器を取り出した。遠い海の国を想わせるそれには、独特の香りを放つ膏薬が入れられている。

火竜はそれを、沙蘭の中に塗り込めた。指が滑り込み、くちっ、くちゅっ、と音を立てられても、沙蘭は唇を噛んでそれを受け入れた。

「息を吐け」

沙蘭の体を整える作業をぞんざいに済ますと、火竜は貝殻の容器を投げ捨て、自身の逸物の先端を、ほころんだ沙蘭の蕾に押し当てた。

「せいぜい、感じさせてやる」

沙蘭は目を硬く閉じる。同時に、丸い形をした頭部が滑り込んできた。

「――ぅっ……」

次に、えらを開いたような形のくびれが。

そして、硬く漲《みなぎ》る茎が。

天を突く形に反り返ったものが、ゆっくりと、沙蘭の中心を串刺しにしてゆく――。

「あ、ああ…………っ！」

下腹を裏から突き上げられる感触に、沙蘭は高い声を放った。犬のような姿勢を強いられたあの天幕での時とは、また感じが違う。獣のように扱われる屈辱感はなく、代わりに、互いに切っ先を突きつけ合うような、命を奪い合うような、逃げ場のない、真剣な対峙を強いられるような恐怖感がある。

「く……」

火竜も、眉を寄せて低く呻く。

「熱い――」

感じ入ったような声と同時に、ゆさっ、と深く結合した腰を揺さぶられる。打ち込まれた肉の楔がずるりと動き、さらにひと回り、中で充溢してゆくのがわかる。

「は、っ……」

たまらない熱さと圧迫感に、沙蘭は頭《かぶり》を打ち振った。唇を嚙みしめ、雛《ひな》のように震えながら、与えられる刺激に、ただ耐える。

「沙蘭……」

掠れる声で、火竜が囁く。

「美しい、俺の沙蘭……！」

沙蘭の細腰を、武骨な手が持ち上げる。空に浮かされるような姿勢に息を呑む間もなく、男が腰を使い始めた。

「アッ……！　アッ！　アッ！　アアッ……！」

尻肉を鷲摑まれながら、男の頑強な楔に体の中を搔き回される。腰を浮かされた姿勢では、身を捩って刺激を逃がすこともできない。沙蘭は悲鳴を上げた。男の硬く反りかえった形に、複雑にうねる隘路《あいろ》を貫かれ、隙間もなく嵌められ、またずるりと抜き出されては、信じられないほど奥深くまで犯される。その動きの一度《ひとたび》ごとに、「アッ、アッ」と甘く濡れた高い声が迸る。

苦しい。苦しくてたまらない。下腹の中をずたずたにされているかのようだ。はらわたを、引き千切られる——!

「もっとだ、沙蘭」

それなのに火竜は少しも手加減してくれない。微妙に角度や動きを変えながら、沙蘭が長い黒髪を振り乱して悶えるさまを凝視し、堪能《たんのう》している。

「もっと狂え。もっと、乱れろ。狂い咲け。俺はずっと、こういうお前を見たかった。頑なな蕾のようなお前が、蜜のあふれる、淫らな花になるところを」

「王……っ、火竜、王っ!」

「美しい沙蘭——ずっと、お前が欲しかった……こうして、自分のものにしたかった——!」

男の体の重みが、腰に伸し掛かってくる。天を向いた孔に抜き差しされる肉の剣は濡れそぼり、沙蘭の背にまで淫液を垂らした。

「王っ……ああ、いや、いやだ……ああっ、あ、ああ……!」

激しく揺さぶられながら、火竜の狂気に満ちた目に、自分の蕩けきった表情が映っているのを、沙蘭は見た。その底なしの洞穴に吸い込まれ、ずるずると陥って行くのを、犯されながらありありと感じる。唇から唾液が垂れ、喉奥からは嬌声《きょうせい》が絶えない。その声すらも、すでに意識から消えかかっている。頭の中にこだますするのは、ただ、イク――と繰り返す声だけだ。

イク、イッてしまう……！　この男に蕩かされてしまう。この男と、ひとつに蕩け合ってしまう――！

不意に火竜が、ふくっ、と息を詰め、筋肉の密集した腹を波打たせる。刹那、熱が弾けるような感触が走った。

「アアア――――ッ……！」

沙蘭は両手で褥を摑み、必死にその奔流《ほんりゅう》に耐えた。洪水のように熱の波が押し寄せ、沙蘭を攫い、押し流す。どこまでも遠く、消え果てるほどの遠くへと――。

世界から、音が消える。

「あ……あ……」

――正気に返ったのは、がくがくと揺さぶられる感触の中でだった。

顎にかかった粘液は、犯されながら、沙蘭自身が放ったものだろう。火竜は果てたあともなお、深々と繫がる腰を合わせ、沙蘭の中に精を注ごうとしていたからだ。最後の一滴まで――。

「ッ……」

ようやく満足したのだろうか。火竜はかくりと脱力し、ふー……と長く息を吐くと、沙蘭の中から自身の逸物を引き出した。まだ弾力を残したものが、ずるりと抜けてゆく感触に、沙蘭は荒い息の中で、「あ……」と小さく声を上げる。

その声に、情欲をそそられたのだろう。

火竜は手を伸ばし、沙蘭の頤を持ち上げた。鼻先の触れ合う距離で、青い目と黒い目が互いを見つめ合う。

重なる唇——。

しっとりと、互いの熱を確かめ合うような接吻の後、男の唇が離れる。

満悦の表情を浮かべる男の顔を、沙蘭は目を眇めて見つめる。

「……許さない」

不意に告げた言葉に、男は表情を凍らせた。

接吻を拒まれなかったことで、沙蘭に受け入れられたと思っていたのだろうか。

だが今の沙蘭の胸を満たすのは、怒り、ただ怒りだけだ。

「許さない……あなたを許さない、火竜……」

「沙蘭——」

「わたしをこんな……こんなにして——!」

糾弾の声を、男の瞳に向けて叩きつける。

自分でも意識していなかった怒りが、次々に湧き上がってくる。

それは、滅ぼされた国の臣としての憎しみではない、沙蘭の、傷つけられたひとりの人間としての怒りだった。

「信じたくなかった——でも、やっとわかった。あなたはわたしの仇敵になったのだと。幼い頃のわたしの友だった人は、もう、いないのだと……!」

――好きだったのだ。

沙蘭は、血が出るような痛みの中で、想いを噛みしめた。自分は、この男が好きだったのだと。ただひとりの友として、深く信頼していたのだと。

その想いを、この男は裏切ったのだ――と。

沙蘭の怨み言に、火竜は青い目を凍りつかせる。その目の奥に向かって、沙蘭は戦いを挑むように「火竜王」と呼びかける。

「この身など、いくらでも好きになさるがいい。だが、憶えておかれよ。この身はどれほど穢され、乱されようと、心は決して、あなたには渡さない。あなたなどには屈しない……！　わたしは決して、あなたを許さない、火竜――！」

ぶつけるように宣告したその言葉に、間髪入れず、男の腕が伸びてくる。

抱きすくめられ、押しひしがれる。

「う、っ……ん、う」

深い、のしかかるような口づけ。再び肌に食い込む、凌辱の手。

あまりにも性急な、激しい接吻に、理性が闇に沈んでゆく。

「……覚悟しろ」

昏い声が、耳のすぐそばで告げる。

「朝まで、離さぬぞ――」

沙蘭はその瞬間、きつく目を閉じた。

そしてそれきり、火竜がどんな顔をしていたのか、ついに目を開いて確かめることができなかったのである――。


体が、襤褸《ボロ》になったように重くだるい。

自房の寝台の上で、寝付いて二日目の午《ひる》を迎えた沙蘭は、忍び寄るような足音と、薬湯の匂いによって、双子の片割れが入室してきたことを知った。

「お目覚めでいらっしゃいましょうか、沙蘭さま」

「……ああ」

最低限の返事をし、体を起こす。「失礼いたします」と紗の帳を引き開けた老人が、それを見て慌てて手を差し伸べてきた。

「大丈夫だ、構うな」

払いのけこそしないものの、沙蘭の声は冷たい。未だに竹と梅の見分けのつかないこの老人たちは、その慇懃な態度と細やかな仕事ぶりとは裏腹に、沙蘭の体を性玩具として仕込むための調教師であり、無慈悲な獄吏《ごくり》なのだ。

そのことを、沙蘭は、三日前の夜、火竜の閨で、つくづくと思い知らされたのだ。

あなたを許さない、のひと言に激昂した火竜によって、朝まで一睡も許されずに苛まれたあの夜、沙蘭の体もまた、暴君の陵虐に感応して、いくつもの青い花を咲かせたのだから……。

「薬湯でございます。お召し上がり下さいませ」

例によって、慇懃な態度の裏にべったりと無慈悲さを張りつけて、老人が薬を勧めてくる。回復を早める滋養強壮薬とのことだが、おそらくそれだけではないだろう。妖しげな、媚薬《びやく》めいた効能も含まれているはずだ。

沙蘭の仕込みは、沙蘭がここにいるかぎり続けられるのだ。日々ぬかりなく、怠りなく――。

躊躇する沙蘭に、老人は「お母上さまのことをお考え下されませ」と、丁重に脅迫してくる。

「……ッ」

椀《わん》を受け取った沙蘭は、こくこく、と喉を鳴らしてそれを飲み干した。「お脈を」と求められて、手首を差し出す。

老いた指が、沙蘭の手首の内側を探る。「ふむ」としばし黙して、耳を傾ける風情。

「まだ少々、ご消耗が残っておられますな」

「――もう大丈夫だ」

「いえ、やはり床上げは、明日までお延ばしいたしましょう。夕餉《ゆうげ》には、少々精のつくものをご用意いたしまする」

「……」

相変わらず、慇懃で丁重ではあるが、有無を言わせない調子に、思わず諦めのため息が出る。

「では夜まで今少し、横におなり下さいませ」

沙蘭を横たわらせ、衾《ふすま》を引き上げる手つきは、どこまでもやさしい。沙蘭は幼少のころに仕えてくれていた乳母を思い出した。だがこの老人が沙蘭を労るのは、沙蘭の体が主君の大事な玩具だからだ。今は休ませて回復させせねばならない、征服王・火竜愛用の体だからだ——。

きぃ……と音がして、房の扉が閉じる。遠ざかる足音を聞きながら、沙蘭はふうと息を吐く。

——沙蘭……。

窓を閉じ、幕を引き回した薄暗がりの寝台で耳に響くのは、数日前、激しく交わった男の声だ。

沙蘭の故国を滅ぼし、主君を追い、母の命を盾にこの体を奪った、残虐無比な男の——。

薬湯の影響だろう。とろり、と意識が鈍くなるのとは裏腹に、脳裏の面影は鮮明になっていく。

四つに這わされた沙蘭に、背後から灼熱《しゃくねつ》の肉杭が打ち込まれたのは、いったい何度目の交わりの時だったか。

——ア、アアーッ……！

沙蘭は嬌声をあげたものの、もう出すものもなく、性器も屹立しきらずに、慄くように揺れるだけだった。それでも、火竜に中を責められている間は、体に苦痛半分の悦びが走ってやまない。切れ目のない、痺れるような悦びが。

——もう……駄目、死ぬ……。

種を付けられる牝馬の姿勢で、うわごとのように口走る。そんな沙蘭を、火竜は口も利かずに、黙々と犯した。閨房《けいぼう》に朝の気配が漂い始めるまで、決して繋がりを解いてくれなかった——。

（あの口の減らない男が、な……）

沙蘭は昏い天蓋の裏を見つめつつ、思う。

（結局、あの夜はあれきりひと言もしゃべらなかった。真っ当に、わたしの顔を見ることもなかった……）

それほど激怒しておきながら、よくわたしを殺さなかったものだ――と、沙蘭は他人事のように考えた。主人に逆らった性奴隷など、即座に命取られて当然だろうに――。

（せっかく手に入れて調教したお気に入りの玩具だ。殺すのは、愉しむだけ愉しんでから――と思ったのかもしれないが……）

考えを巡らせるうちに、すっ……と、眠気が降りてくる。

だが薬湯によってもたらされた眠気は、夢うつつのまま、それ以上深まろうとしなかった。数日寝付き、すでに充分以上の睡眠を取っている沙蘭の体が、意識を手放すことを拒んでいるかのようだ。

また、きぃ……と、扉の開く音がする。

双子の宦者のどちらかが、様子でも確かめに来たのだろうか、と思う間に、入室してきた気配は、ばさ、と紗の帳を払いのけた。

その熱い波動。頑強な気配。

老人のものではありえない、力強い動き。

――誰……？

傍らから伸びてきた手に、額を撫でられる。

続いて、息を詰めて、顔を覗き込まれる気配。その高い体温。

――火竜……？

重なる口が、沙蘭の口元をゆるりと食む。

求愛する狼の仕草だ。

短く、だが濃厚に口を吸われ、ちゅっ……と音が立つ。

ぼんやりと開いた薄目に、昏く、だが底から力強く輝く青い瞳が、かいま見えた気がした。


沙蘭が不意に、夢の世界から投げ出されるように目を覚ましたのは、扉の向こうで押し問答する声が聞こえたからだ。

「通せ」

「なりませぬ！」

——夢……？

今まで感じていた気配は、幻だったのか現実《うつつ》だったのか——と混乱している沙蘭の耳に、さらに尖った声が響く。

「お控えなされませ。ここは後宮でございます。本来なれば王と宦者以外の男は一歩たりとも……」

「しきたりなど知ったことか」

低く、抑揚《よくよう》のない無愛想な声。ああ、あの男が来たのか——と、沙蘭は体を起こした。

「後宮が男子禁制なのは、王しか手をつけてはならない女がいるからだろう。ここに女がひとりもいない今、そんなものに意味はないはずだ」

「なればこそでございます。今、ここにおられる沙蘭さまは、殿方とは申せ、すでに火竜王が手をつけられたご愛妾。なおさら、他の殿方の目に触れさせるわけには——」

「今さらだ」

にべもなく断言した男をそれでも通すまいと、双子の老人が必死に抵抗している物音がする。見過ごすことはできなくて、沙蘭は寝衣の上に素早く一枚羽織《はお》り、寝台を降りた。

「そこにおられるのは、天風さん——ですか？」

その声に応じて、すぐに「ああ」と返事がある。

「あんたに面会人を連れてきたんだ。とにかく、この扉を開けてくれ」

「なりませぬ沙蘭さま！　おん身はすでに王おひとりのもの。軽々に人目に触れてはなりませぬ——！」

要するに、後宮は王と宦者以外の男にとっては絶対禁足地だという竹・梅兄弟と、自分にとって沙蘭はただの昔なじみだという天風の認識が、嚙み合っていないのだ。それはそうだろうな、と沙蘭は思う。竹・梅のふたりがやってくる以前、天風は普通に沙蘭のもとに出入りしていたし、後宮に入れられた当の自分が、今もまだこんな事態は何かの冗談ではないかと思っているのだから——。

自虐半分にクスリと笑って、沙蘭は扉を開いた。動揺した竹・梅兄弟が、「ああっ」と声を上げる。

その狼狽《ろうばい》ぶりと、相変わらず鉄面皮《てつめんぴ》な天風の対比は、何やら喜劇芝居の一場面のようだった。「久しぶりだな」という、いつもながらの無味乾燥な挨拶に、沙蘭はどういう顔をしてよいかわからず、ただ黙って一礼する。

「市街巡視中に、どうにかしてあんたに会わせてくれと縋りつかれてな」

そう告げて、自分の背後を親指で指し示す。そこにいたのは――。

「若水！」

驚いた沙蘭が、反射的に半歩後ろによろめくよりも早く、忠実な従僕の青年は、沙蘭の前に駆け寄り、拝跪《はいき》した。

「ああ、お会いしとうございました。お会いしとうございました沙蘭さま……！」

そして裾に縋りつかんばかり、号泣して沙蘭を見上げる。おそらく天凪にも、こうして泣いて訴え、辟易《へきえき》させて面会を承諾させたのだろう。いじらしい青年だった。

「お前、無事だったのだな、若水……！」

見たところ健康そうな様子の従僕に、沙蘭は安堵する。

「よかった――本当に、よかった……」

跪いた青年の前に、沙蘭もまた膝を突き、両肩に手を置いて、無事を喜ぶ。渋い顔をふたつ揃えていた竹・梅兄弟は、天凪が有無を言わせず襟首を摑んで遠ざけた。「お放し下され！」と小柄な体でじたばた暴れる様子は、何やら主人以外に懐くことを拒む番犬のようだった。

「若水お前、あれからどうしたのだ？　あの時、月弓国の本陣で、真っ先に血祭りにあげられたのだとばかり――」

「はい、虜囚にはされましたが、すぐに解放され、この身には怪我ひとつございませんでした。宰相家の皆様も、ひとり残らずご無事でいらっしゃいます！」

「……父上も？」

天蘭陥落の直前、病に倒れた父のことは、火竜が何も教えてくれないこともあって、ほとんど諦めていたのだが。

「はい、実はつい昨日、意識を取り戻されまして——そのことを、是非とも直接、沙蘭さまにお知らせしたくて、こうして無理を承知で押しかけましてございます……！」

「そうか——ありがとう、若水」

安堵の息を吐くと共に、従僕の一途な至誠《しせい》に感嘆混じりの礼を述べると、若水はほろ苦く笑って頭を振った。

「いいえ、いいえ……。すべては沙蘭さまのおかげにございます」

「わたしは何もしていないよ」

天蘭や宰相家の危機に際して、本当に、自分は何ひとつできなかった——と、沙蘭は苦い思いを噛みしめる。

「父や宰相家が生き残れたのは、お前や他の者たちが誠意を尽くして働いてくれたおかげだろう？わたしに礼など述べることはない」

「いいえ、沙蘭さま」

若水は沙蘭を見つめ、うっ……と嗚咽し、涙を流した。

「それもこれも……沙蘭さまが、月弓王に身を投げ出しておとりなし下さったからにございます。沙蘭さまが、王のご寵愛を得られたゆえに……」

「……えっ？」

聞き捨てならないことを言われ、沙蘭は絶句した。

（わたしが——自ら、王に体を与えた……？）

抵抗もできずに奪われた、強いられたという認識だった沙蘭にとっては、心外な言葉だった。思わず顔色が変わったのに、若水も気づいたのだろう。「あ、いえ、その」と今さらのように口ごもる。

「その、町の者はみな、沙蘭さまに対する月弓王のご寵愛の篤さに感嘆いたしております。主立《おもだ》つ大臣家の方々が、軒並み家屋敷を壊され、身ぐるみ財を奪われて、この天蘭から追われてしまわれた中で、宰相家のみは従僕や侍女に至るまで、誰ひとり害されず、家屋敷を壊されることもなく、家財も没収されず……。それだけではなく、宰相さまの医者や薬、暮らしに必要な食糧や衣服など、何もかも優先的に差しまわしていただいて……」

「——そういう……ことに、なっているのか……？」

わたしが、自分の家を——自分の家だけを守るために、自ら火竜に身を捧げたと……？

「わたくしどもも、今この時代に、慈悲深き沙蘭さまという存在が宰相家におわしたことは、神仏の恩寵であると感謝しております。どうしても、それを申し上げたくて、こうしてまかり越したのでございます。沙蘭さま、わたくしどものためにお身を犠牲にしていただき、本当に、本当にありがとうございました——……！」

若水が、額を床にごつごつと打ちつけて、身を投げ出さんばかりに平伏する。

その様子を、膝立ちの姿勢で、沙蘭は茫然と眺めるばかりだ。

庭に面した回廊から、夕刻の朱色を帯びた光が、差し込んで来ていた——。

「で、お前はそれが気に入らないというのか？　沙蘭」

数日後、再び火竜の閨に招かれた沙蘭は、葡萄酒の夜光杯《たかつき》を手に、足を組んでいる男に向かって、

「宰相家を優先的に庇護《ひご》しているというのは、本当か」と問い質《ただ》した。

「王家や他家を取り潰しておきながら、宰相家だけは残されたというのは――」

火竜は質問に直接答えず、嘲《あざけ》り笑いを浮かべて告げた言葉がこれだった。

「お前の体は、極上だった」

「――ッ……！」

前回の閨のことに触れられ、沙蘭は恥辱に染まる。

あの夜、確かに自分はそうだった。感じて悶え、感じさせて満たし、まるで望んで抱かれたかのように、男の腕の中で乱れた。そのことを、火竜は今さらのように揶揄《やゆ》しているのだ。

「お前は俺の愛妾として、立派に夜伽《よとぎ》の務めを果たした――俺が期待していた以上の味でな」

「やめて下さい！」

「である以上、俺は王として、お前に褒美《ほうび》を与えないわけにはいかない」

火竜はにやりと、凄みのある笑みを浮かべる。

「信賞必罰は、君主たる者の義務だからな」

「嘘だ……！」

沙蘭は手酌《てじゃく》で酒杯を重ねている男を睨んだ。

「あなたは計画的にそうしたのでしょう？　宰相家が亡国の名家としてはありえないほどの特別待遇を受けられるのは、わたしがこうして――あなたの寵愛を受けているからだと、満天下に知らしめるために」

屈辱に、沙蘭は拳《こぶし》を固く握りしめた。

「わたしが――宰相家の嫡男が、自国を滅ぼした王に我が身を売って家を守ったのだと、人々に知れ渡るように、あなたは……」

若水は決してそうと口には出さなかったが、国を売ってひとり利を得たも同然の宰相家に対する風当たりは、さぞやきついだろう。まして他の大臣家が軒並み没落した中で、ただ一家、新しい支配者から破格の厚遇を受けているとあっては、嫉視《しっし》や羨望も凄まじいに違いない。さらにそうされる理由が、侵略者に対して嫡男が性的奉仕をしているため――ときては、どれほど口汚く罵《ののし》られていることか――。

「ではお前の家を滅ぼしてやればよかったか？」

火竜の青い目は、今宵も昏い。

「他の貴族どもにしてやったように、お前の父を処刑し、家財を没収し、家屋敷を壊して、侍女や従僕どもを無一文の身ひとつで追放すればよかったのか？」

「っ、そういう意味では……！」

「そうしてやったほうが、お前の誇りは保たれたのだろうな、沙蘭――」

呟くような口調でそう漏らすと、火竜はタン、と音を立てて夜光杯を置く。

「来い」

厚い掌が差し招く。

「来るんだ、沙蘭」

「……ッ……!」

「俺の相手を拒むなら、お前の母と父の命はそれまでだ。水の一杯も持たさず、自決用の短剣のみを与えて、沙漠のただ中に放り出してやる」

沙蘭の体が、ぶるぶると震えた。あまりに激しい憎悪のために、顔から血の気が引いているのがわかる。

その体を、沙蘭は一歩一歩踏みしめるような足取りで、火竜のもとに運んだ。大きく開いた男の足の間に立ち、求めに応じて身を屈める。

火竜の手が後頭部に回り、引き寄せられる。唇を合わせ、男の舌を口の中に迎え入れて、しばらく好きに貪らせてから、離れる。

「あなたが憎い、火竜」

男の胸板に突いた手で、うすものの布をぎゅっと握りしめる。

「いつか——あなたの舌を嚙み切ってやる……!」

火竜は鼻先を突き合わせたまま、不敵に笑う。

「そいつは理想の死に方だな」

機嫌よくくつくつと喉を鳴らしながら、男が腕を回してくる。攫うように抱きすくめられ、「あっ」と声を上げた時には、たくましい膝の上で仰のかされていた。

「火竜、と呼び捨てられるのも気に入った」

悦に入った火竜は、酒杯を取り上げ、ひと口含む。そしてその口で、沙蘭の顔の上に覆いかぶさってきた。

「う――」

口移しの酒を、沙蘭は顔を顰めつつも、ごくりと飲み込む。

光る糸を引いて、男の口が離れた。

「……口では何と言おうとも、お前は俺を従順に受け入れる――奴隷のようにな」

至近距離の上下で見つめ合いながら、火竜が呟く。

昏い声だ。

「だが、この黒い瞳だけは、誰にも、何をしても穢せない――常に気高い、輝ける天上の星だ」

肩からうすものを脱がす手の感触に、沙蘭はぴくりと身を捩る。

胸元に降りた男の唇が、ちゅ、と肌を吸う音に、「あ」とかそけき声が上がる。続けて二度、三度と啄ばまれ、そのたびに沙蘭は、仰のかされた体をびくびくと反応させて、「あ、あ」と声を上げた。

――やはり、またもう一段、過敏になっている……。

あの宦者たちの手管《てくだ》にぬかりはない。火竜もおそらくそう感じたのだろう。肌の上を這う男の唇が、にや、と悦に入って笑う形に吊り上がるのがわかり、沙蘭は身が縮むような屈辱に耐えねばならなかった。

　だが今の沙蘭の理性など、触れれば溶ける春の雪だ。男の舌にざらり、と乳首を舐め過ぎられて、腰が跳ね、「うあっ」と声が漏れる。

「やはりお前には、花の香りが似合うな」

　鼻先を擦り寄せるように沙蘭の体香《たいこう》を愉しみ、征服王は満足げだ。陰で悪趣味、と評されていることなど、知る由もなく。

「もっともお前なら、鼻が曲がるほどの悪臭を放っていても、それはそれで昂奮するだろうが——」

　男の手が、沙蘭のうすものの合わせを開き、股間に手を滑らせてくる。すでに先端が濡れているものを揉みしだかれて、早くも下肢がひくひくと反応し始めてしまった。

「あ、あ……」

　湧き上がるものを逃がそうと、両脚が空を蹴る。男の手の動きは、そのまま絶頂まで追い上げようとしていることが明らかだった。制止に伸びた沙蘭の手は、だが男の手に重なったまま震えるばかりで、作業を共にしているも同然のありさまだ。

「美しい沙蘭」

　喉首を反らせて喘ぐ忘我《ぼうが》の顔を上から眺めながら、火竜が囁く。

「淫らなお前も、気高いお前も、すべて俺のものだ」

　やや小ぶりながら健康に膨張したものを、男の手に容赦なくしごき上げられて、沙蘭は「ああっ」と息を荒げてゆく。そして、指の腹で蓋をされていた先端が解放されるや否や、白い精がぱっと飛び

散った。

「……っ」

男の浅黒い手に、自分の放ったものが垂れている。恥じ入って顔を覆った沙蘭の裸身を、火竜はたくましい両腕で抱き上げ、寝台へ運んだ。


前の夜、欲望の迸るままに苛みすぎ、沙蘭を潰しかけたことを、火竜なりに反省したのだろうか。その夜の男は穏やかでやさしく、回数も度を越したものではなかった。夜半、灯明《とうみょう》の油が継ぎ足される頃には、沙蘭は男の楔から解放されていた。

「――清めてやれ」

肉欲を満たし終え、寝台から降りた男が闇に向かって命じると、「畏《かしこ》まりました」と応じた声の主が、すすっ……と仕掛け人形のように進み出てくる。双子の老宦者だ。

ひとりの手には湯桶、もうひとりの手には白巾。

抱かれたばかりで消耗している沙蘭は、その手に抵抗しなかったが、男の愛撫と情熱の痕跡が生々しく残る体を、第三者の手で拭き清められるのは、犯される以上の恥辱だった。唇を噛んでそれに耐え、新しい清潔なうすものを着せかけてもらった沙蘭に、どこかへ消えていた火竜が、再び歩み寄ってくる。

宦者兄弟は、かすかな音と共に引き下がる。

伸びてきた手に引き寄せられ――名残《なごり》の接吻を受ける。

「堪能させてもらったぞ――沙蘭」

「……」

離れたばかりの唇に、いきなり露骨な睦言を囁かれて、沙蘭は思わず目を逸らした。言外に、お前はどうだ、と尋ねられている気配を感じたからだ。

（わかっているくせに――）

前回に続いて今宵も、沙蘭は我を忘れて快楽に溺れた。艶めかしく声を上げ、体をうねらせ、男に絡みついた。その淫らな反応のすべてを、火竜は体で感じ取ったはずだ。

「どうして――」

屈辱を嚙み殺しながら、沙蘭は顔を上げた。

「うん？」

「なぜ、こんなことを……火竜――」

目の前に立つ男を、悲しみを込めて見上げる。

「昔、あなたに出会った頃のわたしは、破天荒なあなたに振り回されてばかりで――でも決して、あなたのことを嫌いではなかった。……いいえ、それどころか、とても大切な、年上の友だと思っていた」

「……」

沙蘭の怨み言を、火竜はほとんど無表情で聞いている。

「あなたに飛車をもらった時は、本当に嬉しかった。早くから大人びた、小賢しい子だったわたしに、そんな子供じみたものをくれる人はもういなかったのに、あなただけは、わたしをまだ遊びたい盛りのただの子供として扱ってくれた……」

沙蘭は涙を拭った。そうだ、あの頃の自分は、遊び友達のひとりもおらず、ただ祖父や父の要求に応じて日々勉学をするばかりの、とても孤独な子供だったのだ。そのことに、自分でも気づいていなかったが、今はわかる。

この男に裏切られた悲しみと怒りの中にいる、今は――。

「それにあなたは――母のことを知りたいと願っていたわたしの心を、何も言わないうちから汲み取って、手を尽くして情報を手に入れてくれた。そのことを、わたしがどれほど感謝していたか――あの頃、まだほんの子供だったわたしには、きちんと伝えるすべもなかったけれど……」

今は、この男に伝えられるだろうか、と沙蘭は思った。かつてこの男に消息を教えてもらった母のことを盾《たて》にされたあの瞬間の、絶望感と悲嘆を。温かい思い出を穢された怒りを。

「それなのに、十年ぶりに再会したあなたは、すっかりと変貌してしまっていた……」

「……」

ただ沈黙するばかりの火竜に向かって、沙蘭は言葉を荒げる。

叩きつけるように――。

「わたしが慕っていたあなたは、今のあなたじゃない――！」

「沙蘭、黙れ」

「あなたとは、たとえ敵味方に分かれても、十年前の友のままでいたかった！　どうして、なぜ――それでは駄目だったのですか！　どうしてわたしが、あなたに抱かれて、はしたなく喘ぐ体などに……あなたに感じて乱れる体などにされなくてはならなかったのです？　わたしがあなたから欲しかったのは、淫らな肉の快楽などではなかったのに！」

「沙蘭！」

「わたしは友として以外のあなたなど、いらなかった！　この沙蘭が慕っていたあなたを返して下さい！　今のあなたなど……！　あなたなど――！　いらな……！」

いらない――！　と叫ぼうとした瞬間、男が踊りかかってくる。怒りに満ちた腕に引き倒され、寝台上に磔られて、体を襲う衝撃に「っ」と息を呑む。

「――俺を怒らせたな」

昏い青の目が、沙蘭を魂ごと呑み込まんばかりに迫ってくる。

「この火竜を、いらない、と言ったな？」

「……ッ……！」

「つい今しがたまで、盛りのついた牝猫のように鳴いていたこの唇で、俺を拒絶したな？」

「お、お怒りになられたのなら、存分になさるがいい――！」

「そうしよう」

残忍な口調で呟いた火竜の右手首が空で舞い、その指先で、一本の針がきらり、と閃《ひらめ》く。

どこからそんなものを、と思う間もなく、その針先が眼前に迫ってくる。

「お前の体には、傷ひとつつけるまい、と思っていたが――」

じりじりと迫る尖端に、沙蘭は震えながらも、顔を逸らさない。

「この美しい顔に、生涯消えない傷を刻んでやるのも、また一興だな」

迫る針先に、目を潰されるのか――と覚悟し、瞼を閉じた刹那。

右の耳朶に、ぶつり、と貫き通す感触が走った。

「――つっ……！」

続いて左にも、同じく耳朶に。

しとしと……と音がしたのは、褥に血が垂れた音だろうか。火竜はさらに濡れた耳朶をつまみ、開けたばかりの針孔に、何かを刺し通し始めた。

小さいが、鋭い痛み。そして耳朶に下がる、こつりと硬い感触。

指で触れてみれば、それは感触からして玉《ぎょく》の耳飾りのようだった。ごく小さく質素な形状のものだが、沙蘭は驚き、戸惑う。沙海地域では、玉を使う耳飾りは女性のものだったからだ。

「――よく似合う」

嬉しげな声。

「お前に似合いそうな色目の石を選んで、急いで作らせたのだが、思っていた以上だ」

火竜は悦に入ったように呟き、そして、にやりと笑った。

「俺のものであるからには、それらしい印《しるし》をつけておかなくてはな」

沙蘭は男の言わんとすることを悟った。この耳飾りは、美しい標識なのだ。遊牧民が自身の所有である羊の耳に切欠きを刻むように。火竜は沙蘭の体に、自分の所有物であることを示すものを着けさせたのだ。沙蘭は自分のものだと。その細い肢体は、自分占有の閨の玩具だと、この世のすべてに宣言するために――。

「……ッ、だ、男子のわたしにこんなものをつけさせるなど――」

気色ばんで耳朶に手をやる沙蘭を、

「俺を侮辱した罰だ」

火竜は真顔で威嚇《いかく》した。

「外すことは許さん」

「火竜――」

「俺が許さん、と言ったことをあえてすれば、何が起こるかはもうわかっているな?」

沙蘭は言葉を失う。

つまりは、ここまでだ、ということだ。火竜は沙蘭が多少怨み言をぶつけたり、反発したりしても、激昂はしても罰を与えることはない。だがそれにも限度があるのだ。これ以上の反抗は、沙蘭が大切に思う人々の身に累を及ぼすぞ――という、これは警告なのだ。

「沙蘭」

す、と男の手が、黒髪の房の間に滑り込んでくる。はっと息を呑んで上げた目に映り込んできたのは、思いがけず真面目な表情だ。

「己れの体を、恥じる必要はない。抱かれて愛撫されれば感じて乱れる。それは、ごく自然なことだ

――男であろうと、女であろうと」

「……」

「ものごとは、自然になるようになっていくものだ。時が来れば夜は明け、麦は熟れ、仔羊は成長し、赤ん坊は育ち、人は老いる」

そう語る火竜の目は、どこか透徹《とうてつ》している。

「お前の体が熟れるのも、自然な成り行きだ」

男の身勝手な言いように、沙蘭は思わず目尻が吊り上がった。

「……あなたがそうさせたのに？」

この体を穢し、束縛し、竹林と梅林に託して女にするよう仕向けたのは、当のこの男ではないか。

何を他人事のように――と憤ると、火竜は眇めた目にやさしい色を浮かべた。

「俺は芽吹くべき種に水を注いだだけだ」

珍しく隠喩《いんゆ》的なことを言って、身を屈める。

口づけられたのは、黒髪のひと房に。

まるで忠誠を誓うかのような恭しい《うやうや》接吻に、沙蘭は自然と、顔を赤らめた。

――慰めている……つもりなのか？

どくり、と心臓が跳ねる。

「ずっと、お前が欲しかった」

ぼうっ……と、灯火が揺れた。

「こうして抱いて、俺のものに――俺なしではいられない体にしてやりたかった……沙蘭……俺の沙蘭……」

ふ、と光の消えた闇の中で、沙蘭は男から口づけられる。

「ん、ん…………」

深く口唇を犯してくるそれを、沙蘭は悩乱しつつも受け入れた――。


……翌朝、陽の光のもとで鏡に映して見た耳飾りの石は、澄んだ、それでいて深い緑色の、最高級の玉だった。

そしてそれは、確かに、沙蘭の艶やかな黒髪に、これ以上なくよく似合う品だったのである。


「ようよう春が、参りましたなぁ」

沙蘭の髪を梳りながら、梅林――最近やっと見分けがつくようになった――が、長閑な声を漏らす。

「華の国から流れ流れて参りましたために、わたくしどももこの沙海の春は初めてでございまするが……。この厳しき土地にも、厳しき土地なりの美しさがあるものでございます」

「左様左様、ご覧下され。この庭の花々の色鮮やかさを――。華の国にはないあでやかさでござりまする」

竹林が指し示した先には、建物が四角く囲む後宮の庭園がある。そこには常に流れる泉水があり、水盤が設けられ、小さな鳥が、浅い水の中に飛び込んでは身震いをし、また飛び出す、という行動を繰り返していた。つがいらしきもう一羽の鳥が、水盤の縁《ふち》に止まって首をかしげている。連れ合いの無邪気な行動を、呆れながら眺めている風情だ。

ふたりの宦者と沙蘭は、しばし無言でその様子を眺めていた。やがて竹林がふと心づき、小さな盆を捧げ持ち、梅林に差し出す。

その盆上できらりと映えるのは、美しい緑色の玉を用いた耳飾りだ。これが沙蘭の耳に付けられて以降、梅林が髪を梳る間は、「櫛に引っ掛けてはなりませぬゆえ」という理由で耳朶から外され、その間、竹林の手によって慎重に磨かれ、消毒されるのが習慣だった。

「おつけいたしまする。お動きになりませぬよう――」

沙蘭の装身具や衣装は、竹林が受け持ちだ。その指が小さな玉を摘まみ上げ、沙蘭の耳にかかる髪を掻き上げて、耳朶の穴に金具を通す。

つぷ、と細い棒が肉を通す感触。

――ふと。

その微細な、痛みとも言えぬ痛みは、沙蘭に男との閨を思い出させた。

沙蘭にこれを付けさせて以来、火竜は、交合のさ中、沙蘭の耳朶を舌先で愛撫するのがお気に入りだったからだ。

昨夜も、夜闇に閉ざされた褥の中で、沙蘭は――沙蘭と火竜は……。

『――沙蘭……俺の沙蘭……』

ぴちゃり、と男の舌先が耳朶を舐める音。その唇が柔肉を食む淫靡な痛み――。たちまち、沙蘭の全身に、淫らな記憶がよみがえる。その腕の感触、声、匂いそして、体を貫かれ、中を掻き回される痛みと、身も世もなくのたうちまわるほどの快楽……。

「天地は穏やかに治まり、野は美しく花で彩られ、鳥は鳴き、麗人はますます美しく……」

梅林が、華国風の節回しで即興の詩を吟じる。

「平和なものではございませんか。火竜王の覇業も一段落なさり、この春からは本格的にこの天蘭に腰を据えて、沙海一帯の統治事業に専念なさるとのことでございますし――」

「左様左様、世に戦がなきは、一番よきことにござりまする」

竹・梅兄弟が、代わる代わるに感嘆する。沙蘭はそれを耳に入れる余裕もなく、嗚咽を、うっ……と堪えた。

「沙蘭さま？」

「いかがなさいました？　ご気分が悪うございますか？」

「――何でもない」

弱々しく応える沙蘭の脈を、梅林が探る。「お熱は――ございませんなぁ……」と首を傾げたのは、竹林のほうだ。

「たぶん、お疲れが出たのでございましょう。ここのところ、夜のお召しも頻回でございますし――」

「まことに……。火竜王も、あれで精一杯加減なさっておいでのおつもりなのでしょうが、のう……」

竹・梅兄弟は、困ったものだ、と言いたげな口調だ。何やら馬使いの荒い主人に仕えたために、馬体の手入れに苦慮している伯楽《ばくろう》のようだった。事実そうだろう。沙蘭の体は、この兄弟が精魂込めた「作品」なのだから――。

「さ、さ、今日はもう、横になられませ。ご体調が悪ぅては、お肌もお髪も艶が出ませぬ」

「夕餉は何か、あっさりした、消化のよいものをご用意いたしますゆえ、それまでゆるりとお眠りなされませ」

兄弟に勧められるまま、沙蘭は寝室に向かい、紗の帳《とばり》にふわりと包まれた寝台に横たわった。敷布を変えたばかりの褥は乾いて心地よく、沙蘭の体を包み込む。

「では、ごゆるりと」

兄弟が二人そろって低頭し、微風に揺れるほどに薄い幕をぴたりと閉ざす。

滑るような足音が遠ざかり、寝室の扉が閉ざされる音を聞くや否や、沙蘭は褥の上で身を丸めた。

「……っ……！」

瘧《おこり》にかかったように、ガタガタと震える。

気分が悪いのではない。突然、体に火がついた。耳朶に感じた、ほんのわずかな刺激が、口火を切ってしまった――。

（昨夜も抱かれたばかりなのに……）

沙蘭は自己嫌悪に悶えた。あれほど喘がされて、まだ物足りないというのか、この体は――。

故国を滅ぼした男の閨に侍る身となって、すでに半年。竹・梅兄弟の手管と火竜の濃厚な愛撫に磨かれて、沙蘭の肉体は淫血の満ちた皮袋と化している。常に燃え続ける熾火《おきび》を呑んだように。

「火竜……っ」

怨めしい男の名を呼んで、泣く。

——昨夜。

灯火ひとつの薄闇の中、ふたり分のうすものが足元に投げ捨てられた寝台で、ふたりは裸身を重ね合った。まだ挿入されないうちの前戯《ぜんぎ》で、あっさりと沙蘭は一度精を放ち、その高揚が醒めないうちに、男の逸物を押し込まれた。

「あっ……あ、あああぁ……！」

その熱さ、その弾力、頑強さを思い出して、沙蘭は身をくねらせる。奔馬のように身の内で暴れる欲望を宥めるために、沙蘭は唇を嚙みしめながらも、みずから手を股間と後庭に忍ばせた。

昼日中の時間、寝台の上で、男との情事の記憶を辿り、すすり泣いて快楽を欲しがる体を、その手で慰める。

こんなはしたない行為にも、沙蘭はもう、慣れてしまった——。

「火竜……！」

怯え、慄きながら、沙蘭は自ら快楽の渦の中に身を投げる。

「あ、ああっ……！」

——沙蘭……。

ほら、今もまた……男の声が聞こえる。

——言え。

魔物のように甘い声。

——俺を欲しいと言え。

そう求める時の、男の腰の動きは、いつも容赦がない。激しく突き上げられ、揺さぶられるままに、沙蘭は乳首をはしたなく尖らせた胸を反らせて、「ああっ、いやぁっ」と泣き声を上げるのだ。

——いや……ああ、もう、や……め、てっ……！

——駄目だ。

男の無慈悲な声。

——言え。

俺が欲しい、と言え——となぶるように囁かれながら、深く入れられ、激しく揺さぶられる。

「——あ……あ、あ、あ……っ……！」

痩身を跳ねさせ、弓のように反らせて、沙蘭は夢想の中の男の導くままにみずからの肉を責めたてた。

くちくちくち……と、ねばつく音を立てながら——。

（わたしは……）

激しく喘ぎながら、沙蘭は涙を幾粒も枕覆いに吸わせる。

（わたしは、地獄に堕ちた——）

いや、地獄というより牢獄だ、と沙蘭は思う。のたうつような逢瀬のさ中、時に至近距離で覗き込む、火竜のあの昏い瞳の奥に広がる、底なしの洞穴のような青い牢獄——。

沙蘭の魂は、今やそこに堕とされ、閉じ込められて、二度と解放されない囚人と化している。

——言え。俺を欲しいと言え……。

そこで沙蘭は、寝ても醒めても火竜を想い続けることを強いられるのだ。憎くて憎くてたまらず、口づけるたびに、この舌を嚙み切ってやりたい、厚い胸板に触れるたびに、ここを斬り裂いて心臓を摑みだしてやりたい——と衝動に駆られ、だが果たせず、望みもしない快楽に身悶える屈辱に震えながら、疼く肉にのたうつ責め苦が、夜毎延々と続くのだ。そして現実でも夢寐の内でも、沙蘭は常に火竜の腕の中だ。

——言えば、ひと思いに天上世界へ連れて行ってやる……。

責められながら、喘ぐ。喘ぎながら、沙蘭は憎しみの力を借りて、必死にもつれる口中の舌を動かした。

——い……らない……！

火竜。わたしを裏切った昔の友。憎い憎い、わたしの仇。わたしの——。

——あ……なた、など……ほしく、ない……！

やっとの思いで、そう口走った瞬間、目前の、男の表情が凍りついた。

刹那、時が止まったかのように。

「あ……っ」

沙蘭は目を開いた。ヒュッ……と、鷹が空を切るように、何かが飛翔する。

思い出した。そうだ、たった今、思い出した——。

（そうだ――わたしは昨夜、あの男を怒らせて……）

ひとつきりの灯火の明かりの中で見た、火竜のあの表情。

刃の一閃《いっせん》を心臓に受けたかのような表情をした、その次の瞬間、火竜はたくましい胸板を震わせるようにして笑い始めたのだ。

――そうか……お前は、そんなに俺のことが嫌いか――。

くつくつくつ、と体を揺する失笑は、繋がったままの沙蘭の体の芯にまで伝わってきた。

（あ、あ……）

――傷つけた。

沙蘭は愕然《がくぜん》とした。この男は傷ついたのだ。沙蘭の言葉によって。自分が、この男を傷つけたのだ――。

それがはっきりとわかるほどに、火竜の笑いは痛々しいものだった。体が結ばれていたこともあるかもしれない。火竜が感じた衝撃と痛みを、沙蘭もまたはっきりと感じ取ったのだ。

ずきり……と沙蘭の胸の奥が痛む。

火竜の心臓を斬った刃が、跳ね返り、沙蘭の心臓をも斬り裂いたかのように。

（どうして――？）

沙蘭はみずからの胸にわだかまるものに戸惑った。どうして、なぜ、こんなにも胸が痛む？　自分の言葉が、思わざるほどに男を傷つけたからと言って、どうして――？

（あの男を傷つけてやれたのなら、本望ではないか――）

憎い男だ。殺してやりたいと幾度も思った相手だ。

（それなのになぜ、どうして、その心が血を噴いたのを感じて、心を痛めているのだ、わたしは……）

本来ならば喝采し、祝杯を挙げ、歓喜にあふれるところではないか。

復讐してやった、ささやかながら意趣返しを遂げたと、溜飲を下げるところではないか——。

それなのに今の沙蘭は、まるで大切な相手をうかつに傷つけてしまった時のような、重い呵責を感じている。

「……ッ、なぜわたしが、こんな……！」

あんな男のために苦しんでやらなくてはならないのだ。

悔しさに唇を嚙み、沙蘭は衾を引き被り、身を丸める。

——俺のことが嫌いか……。

死刑宣告を受けた罪人のような、重い絶望の声が耳に蘇る。

その度に薄い胸はじくじくと疼き、いつまでも長く、沙蘭を苦しめた。


それから、ほどもない夕刻。

「……何だ、元気そうではないか」

後宮に自ら足を運んで、沙蘭を見舞った火竜は、紗の帳をまくりあげるなり、心配して損した、と言わんばかりの声を上げた。

それはこちらの言うことだ、と男を睨みながら、沙蘭は思う。たった今まで、傷つけてしまった——と鬱々と気に病んでいたというのに、一夜明けた火竜は、すっかり元通りだ。

(考えてみれば、最初から、わたしごときの言葉で傷つくような男ではないか——)

安堵を通り越して馬鹿馬鹿しい気持ちになった沙蘭の額に、男の手が触れる。

「確かに、熱はないな」

そう呟いた火竜のほうこそ、発熱しているかのような熱い手だ。

その掌の下から、沙蘭は目を凝らして男を見つめる。

どこかに視察にでも行っていたのだろうか。珍しく、騎兵用の地味な軽装甲冑を身に着け、上から簡易な外套《マント》を羽織っている。

いつもの過剰にきらぎらしいなりよりも、こちらのほうがはるかに凜々《りり》しいな——などと考えて、つい顔が赤らんだ。

「うん？　やはり少し熱っぽいか？」

「い、いえ……大事ありませぬ」

沙蘭がかすかに身を捩る仕草をしたのを、嫌がった、と解釈したのだろうか。火竜は手を引き、何か誤魔化すように、その手を閉じたり開いたりした。

やはりこの男なりに、昨夜沙蘭をひどく責めたことが気まずいのだろうか。しばらく沈黙した末に、ぼそりとした声を漏らす。

「竹林と梅林が、閨の疲れが溜まりすぎている、と苦言してきたが——」

「……ッ」

「さすがにここのところ、無理をさせてしまったようだな——すまん」

殊勝《しゅしょう》な口調で露骨《ろこつ》なことを言われ、沙蘭は反応に困った。それなりに反省しているらしい男を無下《むげ》に突っぱねることはできず、かと言って「あなたのせいではない」などと、庇うこともできなかったからだ。

（だって……わたしは、あなたと慣れ合うわけには——……）

そんな沙蘭の顔を見て、男は寝台の端に腰を乗せ、身を乗り出してくる。

「どうだ沙蘭、明日、少し遠出をしてみないか」

「遠出？」

「ま、遠出と言っても市街と、せいぜい昌海のほとりをうろうろする程度だが——。ずっと後宮に籠もり切りで、あの年寄りどもの顔ばかり見ているのも気鬱だろう。どうだ？」

「——お断りいたします」

「なぜだ？」

「なぜと言って……」

沙蘭は火竜を睨んだ。本気で理由が思い当たらないのならば鈍すぎるし、わかっていて言っているのなら、意図が残忍すぎる。

「この身があなたの慰み者になっていることは、天蘭の下々にまで知れ渡っているのでしょう？　どの顔提げて、皆の前に出て行けとおっしゃるのですか」

沙蘭の脳裏を、人々の眉を顰める顔がよぎってゆく。「あれが元宰相家の嫡子よ。我が身を主君の仇に売って、我が家の安泰を買った売国奴よ」と、ひそひそ後ろ指を指す、その声までもが聞こえてくるようだ。

「ああ――なるほどな」

知れ渡るように計らったのは自分だというのに、火竜は本当に沙蘭が嫌がる理由が思い当たらなかったらしい。鈍い、というより、すべてが常識はずれなこの男には、恥や世間体というものが、そもそも理解できないのかもしれない。

男は得心した表情の次に、にやりと笑った。

「誇り高いお前を、大っぴらに晒しものにして歩いて、恥辱に苦しむさまを見るのも一興だが」

「……ッ」

この男なら本気でやりかねない、と思った沙蘭が思わず身を退くと、火竜はそれを追うように眼前に迫り、それ以上逃げられないよう、黒髪のひと房を絡め取った。

そして息がかかるほどの近くに顔を寄せて、妖しく囁く。

「近ごろのお前の味に免じて、それは勘弁してやろう」

「――ッ、火竜ッ……!」

「いい考えがある――明日を楽しみにしていろ」

そう告げた唇が、食むように重なってくる。

「う……」

狼の牙と唇の感触にくらりとする。

沙蘭は褥の上に手を突いて、倒れ込みそうになる体を支えた。

その耳朶で、緑色の玉がきらりと輝いた。


「……あなたの『いい考えがある』は、二度と信用しません」

馬具飾りの鈴の音と共に、鞍上で揺られながら、沙蘭は怨み言を漏らした。それを聞いた火竜は、隣の馬上で、珍しくも大笑いだ。

「沙蘭よ」

讃える声と共に、男の手が伸べられる。

「美しいそなたと、こうして連れ立って街を往けるとは、俺は何と幸福な男であることよ」

それは沙海地域でよく引用される、古い愛の詩の一節だった。だがもはや聞き慣れた「美しい」という賛辞が、今日はひときわ皮肉に聞こえる。

沙蘭は今、女装束をまとい、白粉《おしろい》を塗り、臙脂《えんじ》を引き、髪を結い上げて、女性になりきっている。衣装をつけて化粧を施した瞬間、すべてを手掛けた竹・梅兄弟をして、「これほど美しき姫君は、華にも胡にもおりますまい――」と感嘆せしめたほどの美女に化けてしまった。

その天下の美女を連れて、火竜はご満悦で、手綱を操っている。

腕のいい化粧師が厚化粧をしたからだ、わたしが女々しいのではない――と、沙蘭は屈辱を堪えながら思う。そんな沙蘭の顔つきを見て、火竜は可笑《おか》しそうな表情になった。

「人目を欺《あざむ》くには、逃げ隠れするのではなく、思いきって目立ってしまうほうがいいのさ。なかなか頭のいい手だと思わないか?」

とは、火竜の自画自賛だ。事実、市街をゆく庶人たちは、沙蘭の美貌に目を瞠りはするものの、その正体に気づいた様子は見られない。今日は質素な武人姿に身をやつしている火竜も、特に顔を隠しなどしていないにもかかわらず、今や沙海一円の覇者となった征服王その人であるとは、まったく露見していないようだ。

「――もしや、あなたもこうして人目を欺いたことがあるのですか?」

あまり考えたくない火竜の女装姿を思い浮かべて、沙蘭は恐る恐る尋ねてみる。

「いや、俺ではなくて天風にやらせた」

「……」

「あいつは背丈は高いが、男としては細身だから、思い切りめかし込ませて、夜陰に紛れればまあまあ誤魔化せなくはなかったな。本人は『一生ものの屈辱だ』と言っていたが」

どういう状況下でそれが行われたのか、沙蘭は聞いてみたい衝動に駆られ、しかし逡巡の末にそれを断念した。あまり声を聞かれると通行人に正体が露見してしまうし、火竜に対して根掘り葉掘りものを尋ねるのは、それだけ心を許してしまった証と取られそうだったからだ。

代わりに沙蘭は、馬上から市街を見回した。行き交う荷車や、大荷物を背負った行商人。買い物を済ませて家路を急ぐ主婦。路傍で塀の修理をしている職人。歓声を上げて走り回る子供たち。大きな戦乱に見舞われて、まだ数ヶ月しか経たないというのに、天蘭は意外なほどに賑やかで、たくましく復興を遂げている。

いや、もともと市街地の損害は軽微だったのかもしれない。沙蘭は馬上から、周囲を見回して思った。焼き討ちに遭って炎上した邸宅や、塀や家屋を打ち壊された家が所々散見されるものの、それらはおおむね貴族か王族の屋敷跡であるらしく、いわゆる下町の庶人たちが暮らす地区に、荒らされた様子は見られなかった。街路をゆく人々は顔色もよく、身なりも質素なりに小ざっぱりとして、その暮らしぶりは、むしろ火竜の侵攻前よりも活気にあふれ、賑やかにすら見える。

(――どういうことだ……?)

騎馬で通行できないほどに買い物客でごった返す市場を見て、沙蘭は戸惑った。破壊し尽くされてはいないまでも、さぞや閑散とした街になってしまっただろうと案じていたのに、他国の軍隊に征服された国が、これほど活気にあふれているとは、完全に予想外だった。

(胡国産の銀器、絨毯、壁掛け、果物。華国産の陶器、絹織物、米、麦、紙。おや、あれは香辛料屋だ。あの量では、かなりの大口商《あきな》いだな。それに、あれは希少な香木ではないか。あのような高級品を、あんなに無造作に積み上げているところなど、これまで見たこともない――)

名門育ちの沙蘭でさえ目を瞠るほどの贅沢な品々が、飛ぶような勢いで商われている。その賑わいが無秩序に堕《だ》していないのは、要所要所に兵士の目が光っているからだろう。だが月弓国の兵士である彼らが、征服者の立場をよいことに、庶人たちに威張り散らしたりしていないことは、彼らが露天

商たちと気さくに歓談している様子からわかる。揚げパン屋の親父などは、たっぷりと蜂蜜を塗った
それを、若い兵士ふたり組に無理矢理押しつけようとしていた。

「あいつら、賄賂《わいろ》をもらったな」

その光景を見た火竜が、「見たぞ」と意地悪く呟く。

「あとで呼び出して、懲罰房《ちょうばつぼう》にブチ込んでやる」

「無体なことを……」

冗談だとわかってはいたが、沙蘭は眉を寄せた。

「ご自分こそ、昔、人の家の厨房に侵入して、パンを持ち出したではありませんか」

「何だ、憶えていたのか」

火竜は嬉しげに、沙蘭を見て微笑む。

「あんな昔の、幼い頃のことなど、お前はもう忘れ果てているだろう、と思っていた」

懐かしそうな目をして呟く男の横顔を、沙蘭はつい凝視してしまった。

そして気づく。

(目が――明るい？)

沙蘭の前では、常に昏い影が垂れ込めている青い目に、光が差している。あの陽気で図々しい、貧乏公子だった頃の輝きが、街を往く男の目に戻ってきていた。

「なかなか栄えているだろう？」

不意に、その輝く目が沙蘭を見た。どこやら自慢げな顔つきに、瞬間、どきりとする。

「ほんの数ヶ月前、戦乱に見舞われて、支配者が交代したばかりの国が、なぜこれほど栄えていると思う？」

「——わかりません」

沙蘭が素直に白旗を揚げると、火竜はその無知を笑わず、真顔で頷いた。

「沙海の諸国家が統一されたことで、交易商人たちが商売しやすくなったからだ。何しろいちいち通行税を払わずに済むようになった上に、紛争で足止めを食う可能性が減ったからな」

火竜王が登場するまで、沙海の南北それぞれの交易路上には、小さな都市国家が群れを成すように散在していた。交易商人たちは、草原で草を食む羊の背の上を飛び渡るように、それらの国々を経由して、華の国と胡の国の間を行き来していたのである。

そしてそれらの小国家群は、これまで国ごとに商人たちから通行税を徴収していた。沙海は本来、乏しい通水路《カレーズ》の水を分け合い、あるいは奪い合いながら、わずかな牧草地で羊を飼う程度しか生活手段のない土地だ。通行税は諸国家にとって命綱の収入源であり、税率を上げることはあっても、軽々に下げることはできないもので、その徴税の方法も、いちいち荷を解き、商品ひとつひとつを精査して額を決定するなど、厳しく、かつ煩雑《はんざつ》なものだった。商人にしてみれば、ひとつ国を通行するたびにこれでは、金銭的にも時間的にも、たまったものではない。

その上、国家間で紛争など起ころうものなら、迂回路のない沙海では、解決するまであらゆる商隊が足止めを食う。その間に費やされた駱駝の餌代などの諸経費は、商品を売りさばく値に上乗せせざるを得ないが、ここで重要なのは、沙海交易路には北路と南路があることだ。同じ商品でも、足止めを食わなかった側の路を通った商隊の運んだものには上乗せが必要なく、それだけ安価でさばかれる。つまり運悪く紛争地を経由する路を選んでしまった商人たちは、選ばなかった商人たちに価格競争で負けてしまうのだ。

「安全に、より安価に早く商品を運べる交易路を――というのが、商人たちの長年の願いだった。その願いを、この火竜が叶えた結果がこの光景だ」

誇らしげな火竜に、沙蘭はつい身を乗り出して尋ねた。

「もしや、あなたがこの十年で急激に勢力を拡大できたのは……」

「さすがに聡《さと》いな」

にやりと笑う。

「そう――俺には、ずっと商人たちからの援助があったのさ。軍資金と――情報網のな」

「……」

そうだったのか、と沙蘭は深く納得する。南北の沙海公路を行き来する商人たちは、寄ると触ると互いの見聞してきた東西の情報を交換するのが習いだ。小国家が乱立して群雄割拠状態の沙海では、正確な情報のみが身の安全を守るからである。その商人たちの情報網と、資金力を手にしたことが、火竜をしてこれほど急激に征服王へと成長せしめた秘密だったのだ――。

「いったい、いつから……」

即位直後の、まだ弱小国の王だった頃からだとすると、商人たちはずいぶん危険な投資をしたものだ、と思いつつ尋ねると、火竜は沙蘭の推測を上回る答えを、あっさりと告げた。

「お前と出会った直後からだ」

沙蘭は目を瞠る。

「――そんなに昔から……？」

「商人との付き合いは、もっとずっと昔からだ。無頼の頃の小遣い稼ぎに、時々商隊の護衛もしていたからな」

「……」

沙蘭は驚きつつも、あることを思い出した。そうだ、この男は昔、どこからか沙蘭の生母の情報を仕入れてきたことがあった。あの時にはすでにもう、火竜は、商人たちの情報網を利用する力を得ていたことになる――。

「俺は奴らにこう言った」

ふと、火竜は遠い昔を回想するような目になる。

「俺は王になりたい。どんな弱小国の王でもいい。王にさえなれれば、とりあえずまとまった兵馬の権を握ることができる。それを出発点にすれば、この沙海を統一する国家を築くことも夢じゃない。力を貸してくれ――とな」

沙蘭はハッと息を呑む。

「それで……十年前、あれほど突然、月弓国の太子に？」

他国へ人質に差し出されていた、あまり評判のよくない公子が突如後継者に指名された、その理由は、長く沙海諸国の間で最大の謎とされていたのだ。

「当時、俺の父王はとある若い寵姫に入れあげていてな」

父親のことを口にした途端、火竜の声は乾いた影を帯びた。あまりよい感情を持っていないことが、それだけでわかる。

「だが彼女は寵愛こそ篤《あつ》いものの、子に恵まれなかった。王もすでに老齢だったし、このまま卒中でポックリ往生でもされた日には、後宮での権勢もそれまでになってしまう。俺はそのことに不安を抱いた彼女に、親族の男を通じて、今のうちに有力な公子を養子にしろと勧めたんだ。もし王が死んでも、その子に頼れば、生涯安楽に暮らせるから——とな」

もちろんその政治工作には、多額の資金が投じられたのだろう。その親族の男とやらも、相当な賄賂を摑まされたのに違いない。でなければ他国へ人質にやられた、評判の芳《かんば》しくない火竜を、「有力な公子」などと売り込むはずがない。

無論その金は、商人たちが火竜に投資したものだ——。

「商人たちは——あなたが自分たちの求める世を作ってくれる可能性に、賭けたのですね」

「ああ」

火竜は短く応えたが、その表情には明るく力強いものが充溢している。大きな事業を成し遂げた男の顔だ。

「沙海はこれから、交易によってますます富み栄えるだろう。華帝国にも、胡の国にも匹敵するほどにな。そして金の力でより強い兵馬を養い、大国に負けぬ力を手に入れるのだ——」

胸を張る火竜を、沙蘭は馬上から見つめる。

この男が明るさを取り戻した理由がわかった。

(王としての、誇りだ――)

火竜は自分の成し遂げたことが、人々に平和と富をもたらしたことに、この光景に、強い誇りを抱いているのだ。そしてその誇りが、この男の心から、一時的に昏い影を拭い去っているのだ――。

(王者だ)

沙蘭は眩《まぶ》しい思いで男を見つめる。

(この男は、まことの王者なのだ。時に敵を討ち滅ぼし、国を殲滅《せんめつ》し、ほしいままに人を却って却掠し、しかしそれに倍する富と繁栄をもたらす、天に愛され、善悪を超越した存在なのだ――)

突然、ぞくん、と沙蘭の体を衝動が貫いた。それが何なのかは、沙蘭にもわからない。光栄? 感動? いや、畏怖《いふ》――というのが一番近いだろうか。

(この男は、この時代を作るために天が遣わした男だ。今、自分は、そんな男の身近にいるのだ)

いや、身近にいる、だけではない。この体は夜毎、この男と交わって――と、沙蘭は鞍上で身を震わせる。

「やあ、吉祥《きっしょう》! 久しぶりだな!」

しかし当の火竜は、駒を並べる沙蘭がそんな状態であることなど気づかず、突然、ある商家の前でひらりと下馬した。「商家」などという言い方では零細すぎるほど間口の広い店だ。胡の国の銀器と、華の国の陶磁器を同時に商うその煌びやかな店先から、絹服を着た壮年の男が顔色を変えて飛び出してくる。

「あ、あなたさまは――！」

「おいおい、俺は今、商人のふりで微行《びこう》中だ。こんな往来で正体をバラすのは勘弁してくれ」

火竜は気軽に手を振って笑う。「茶の一杯もご馳走してくれればいいんだ」と言われて、壮年の商人も「相変わらずですな」と苦笑いで迎え入れている。気心の知れた仲、ということだろうか。

「では中庭へどうぞ――おや、こちらの麗しいお方は？」

「ああ、俺の妻だ。先日、娶《めと》ったばかりでな」

美人だろ、とあっさり断言した火竜の言葉に、沙蘭は鞍の上で仰天してしまった。吉祥という商人も、目を丸くして「それはおめでたいことで……」と漏らしたなり、絶句している。

「な……」

なんてことを、と抗議しようとした沙蘭は、振り向いた火竜の目に（話を合わせろ）と告げられた。確かにこんな人目のある場所で、押し問答をするわけにはいかない。仕方がなしに新妻らしく、男の手を借りて馬を降りる。どちらにせよ慣れない女装束では、ひらり、というわけにはいかない。

招じ入れられた商家の中庭は、規模こそ大きいものの、天蘭ではよくある造りになっていた。二階建ての建物に四角く囲われ、まだ葉の若い葡萄棚が設けられて、その下は露台になっている。沙蘭は生家を思い出した。客を招じ入れる表庭はもっと広大で贅沢な造りになっていたが、家族が私的な時間を過ごす裏庭は、やはりこんな感じだった。そしてそこで、初めて火竜と対面したのだ――。

「忙しそうだな。こっちの相手はしなくていいぞ。適当に休憩したら勝手に出て行く」

沙蘭を伴い、どっかりと露台に座り込んだ火竜が手を振ると、侍女たちに茶と菓子の皿を運ばせていた吉祥は、身を屈めるように一礼し、「それでは、どうぞごゆっくり」と言い残して、あっさりと去って行った。火竜はその背を見送りながら茶をひと口啜って、「あいつ、気を遣ったな」と笑う。何のことだろう、と首をかしげる気配の沙蘭に、「お前とふたりきりにしてやろう、と考えたんだろ」と可笑しげに告げる。

沙蘭はカッ……と顔を赤らめ、有無を言わせず新妻にされたことを抗議しようとする。だが口を開くよりも素早く、眼前にすり寄ってきた火竜が、膝に頭を乗せてきた。ごろりと大の字に寝転ばれてしまっては、もう動けない。

「か、火竜……！」

家人の目もあるのに、と抗おうとする沙蘭に、火竜は「気にするな」と無体なことを言う。

「仲睦まじい若夫婦を邪魔する者など、この邸宅にはいないさ。吉祥は妓楼の主から身を起こした男で、色事に関しては粋というものを心得ているからな」

図々しいほどに堂々としていれば、逆に誰にも邪魔されない、というのは、この男お得意の持論なのだ。「だから、安心しろ」と言われて唖然としたあとで、沙蘭は往時を思い出し、諦めのため息をつく。

「あなたには……いつもこうして、振り回されてばかりだ」

出会ったその時から、ずっとそうだ……と怨み言を漏らす。

どれほど偉大な英雄であっても、強大な征服王であっても、この男はやはり沙蘭にとっては、ただの困った昔なじみだ。望みもしないものを押しつけられ、困惑し、怒り、でもいつの間にか手懐けられて、なし崩しに許してしまっている。心の中に怨みは溜まるばかりなのに、気がつけば、こうして互いの体温を触れ合せてしまっている……。

沙蘭の膝の上で目を閉じていた火竜は、そのままふふっと笑った。

「お前のほうこそ……まだ子供だった頃から気高くて、美しすぎる宝玉のようだった。気を張っていないと、俺のほうが振り回されそうだった——」

下から伸びてきた男の手が、頬と唇に触れる。そして、「美しいな……」と、陶然とする声。

「まさしく傾国の美貌だ。欲する者の人生を狂わさずにはおかないほどの……」

「……」

「心外そうだな。だが、事実だ」

すっ……と手を引いた男の声が、寝息の中に落ちて行く。

本当にここで眠るつもりか。大胆な——と呆れた沙蘭に、男の声が囁く。

「この俺も……お前のために……お前を手に入れるために……」

ことり、と手が落ちる。

眠りに落ちた王者の顔を、沙蘭はしげしげと眺めた。今まで気づかなかったが、まだ若い顔には疲労の色が濃く現われ、やつれ気味に見える。

(溌剌《はつらつ》として見えたのは、空元気《から》だったのか——)

どれほど国を富ませようと、強引に様々な国を征服してきた王であれば、人に慕われるばかりですむわけもない。きっと気苦労も多いのだろう。

そう案じながら、男の頬に指を触れかけて、沙蘭はハッとし、手を引いた。

(――何を、わたしは……)

あやうく、本当に夫の疲れを案じる妻のようなことをしてしまうところだった。女の装いをすると、気分までそうなってしまうのだろうか。

すぅすぅと、男の寝息。頭上からは、降り注ぐ陽光。

まだ萌え出たばかりの葡萄の葉が、ざわざわと揺れている。

通りに面した店舗からは、賑やかな売り買いの声。

(国が滅ぼうが、王が変わろうが、人々の暮らしは続いてゆく――)

あるいはそれこそが、この世で最も大切なことなのかもしれない――、と沙蘭は思う。

「――今だけだ」

眠ってしまった男に、沙蘭は小声で告げる。

「今だけだ、火竜――。天蘭の民たちの幸せそうな姿に免じて、今だけは、あなたが仇であることを忘れて差し上げる……」

そう告げて、男が眩しくないよう、瞼を掌で覆った沙蘭は、寝息を漏らす唇に、自ら身を伏せて接吻した。


丸一日の微行を終え、王宮に帰りついた火竜は、慌てて駆け出てきた従僕には馬を任せず、自分で手綱を引いて馬房に引いて行った。手入れも自分でするのだと言う。つくづく支配者らしからぬ男だ。

「それに一応、紅玉《こうぎょく》の機嫌を取っておかないとな」

「紅玉？」

「俺の馬だ。あの赤毛の」

「ああ……」

沙蘭は天蘭包囲の夜、城門の下に現れた火竜と、その乗馬の姿を思い出した。火のような毛色の馬体は、夜目にも鮮やかだった。

「脚も強いし、名馬なんだが、嫉妬深いのが玉に瑕《きず》でな。俺が他の馬に乗るとすぐに察して怒るんだ。だがあいつだと目立ちすぎて、微行にならないからな」

確かにあの鮮烈な紅い馬体では、火竜王の名を大書した看板を背負って騎行しているようなものだ。今日乗っていた栗毛馬は、一時的に軍用馬を借りたものらしい。なるほど……と思いつつ、沙蘭は以前から気になっていたことを尋ねてみる。

「あの赤毛は、わたしが子供の頃に乗せてもらったのと、同じ馬なのですか？」

あの希少な毛色の馬が、この世にそう何頭もいるとは思えないが、もし同一馬だとすると、もうずいぶんな高齢で、少なくとも戦場には乗って行けないはずだ。案の定、火竜は「いや」と首を横に振った。

「今の紅玉は二代目だ。お前が子供の頃に乗った奴は、あいつの親」

「そうでしたか――」

血の繋がった親子ならば、同じ毛色でもおかしくはない。沙蘭が納得していると、火竜は思いがけないことを打ち明けた。

「初代は元々、盗賊の頭《かしら》の持ち物だったんだが、酒を飲ませて博打《ばくち》に誘って、イカサマの限りを尽くして手に入れたんだ。若かったとはいえ、今思えば危ない橋を渡ったな」

「……」

貧乏公子だった当時の火竜にしては、不相応にいい乗馬だった、とは思っていたが、やはりそんな事情だったのか。呆れて見やる沙蘭の視線に、火竜は首を竦める。

「そんな顔をしないでくれ。その盗賊の頭ってのは外道《げどう》な奴でな、商隊や小さな町を襲っては、皆殺しにして根こそぎ奪う、ってやり口を繰り返してた。紅玉もどこかからの盗品らしかったんだが、ろくに手入れもされずに乗り回されて、背が鞍ずれだらけだった。俺が命がけで救いだしてやらなきゃ、遠からず乗り潰されていただろう」

だからイカサマの件は大目に見てくれ、などと話しながら歩くうちに、件《くだん》の二代目の馬房の前に至る。征服王の愛馬は、盛んに前脚で床を掻いていた。飼い主が自分以外の馬に乗ったことを察知して、怒っているのだ。火竜はそんな愛馬の鼻づらを、「よしよし、そう怒るな」とやさしく諭《さと》しながら撫でている。心から愛しいと思っていることがわかる、笑み崩れた顔だ。

(今日は本当に機嫌がいいな……)

我知らず、沙蘭も微笑を浮かべる。

「そう言えば」

ふと思い出した、という風で、火竜は視線を上げる。

「天風と初めて会ったのも、その盗賊の頭のところでだったな」

「天風さんが――？」

あの無愛想で生真面目な男が、元盗賊だったというのだろうか。何か印象が――と戸惑う顔の沙蘭を見て、火竜は「いやいや」と笑う。

「あいつは、その盗賊の――」

その時いきなり、突風が吹いた。

飛ぶように軽い足音を立てて駆け寄ってきた人影が、息を呑む間すら与えず、火竜を殴り飛ばしたのだ。

征服王は、馬草の散らばる馬房の床に、どさりと倒れ込んだ。

「っ――！」

絶句して立ち竦んだ沙蘭の前にいるのは、拳を固め、肩で息をしている天風だ。何が起こったのか、沙蘭には理解できない。この忠実な男が、主君を殴り飛ばすなど――。

「馬鹿かあんたは！」

鳴り響く怒声に、馬たちがびくりと慄く。

「王たる身で、愛妾ひとり連れて町をぶらつくとは何事だ！　この国はまだ、あんたに征服されて何か月も経っちゃいないんだぞ！　もし残党に襲撃でもされていたら――！」

天風は怒りのあまり、肩で息をしている。沙蘭はただ、茫然とするばかりだ。

「あんたもあんただ、宰相家の」

突然、ぎろりと睨まれて、沙蘭は背筋を跳ね上げた。天風の目にあったのは、紛うことなき殺意だったからだ。

「あんただっていい家の御曹司として育てられた身だろう？　国を統率する者としての帝王学くらい、備わっているはずだ。何で止めなかった？」

「それは――」

「市中でこの男が襲われてしまえばいいとでも思っていたのか？　女装姿まで耐え忍んだのはそのためか。あんたにとってこの男は故国を滅ぼした仇だものな。腹に一物《いちもつ》あっても無理もな――」

再び、突風が吹いた。

沙蘭は「っ……！」と悲鳴を呑んだ。火竜が立ち上がるや、腹心の顎に一撃を打ち込んだのだ。天風の長身が吹っ飛び、馬房の床を擦るように転がった。

「――沙蘭を侮辱するな」

低い声。痛烈な一撃を喰らった天風は、よろり、と上半身を起こして主君を見る。

「ご主君、あんた……」

「俺のことはいい。確かに王としての自覚のない行動だったし、言い訳するつもりもない。俺の身辺を預かる役目のお前が、身の安全を軽んじられて怒るのもわかる。だが――」

かつん、と床を踵《かかと》が打つ音。

「沙蘭を傷つけることだけは許さん」

「――ッ」

「お前と言えども、二度目はないぞ、天凪」

「ご主君……」

「わかったな」

火竜が最後通牒《つうちょう》を告げ、天凪が沈黙する。

男たちの殺気立った空気を感じていたのか、凍りついたように鎮静していた馬たちが、ぶるるる、と鼻を鳴らし始めた。

「沙蘭、来い」

「――っ」

促されて、沙蘭は躊躇した。このまま火竜と自分が引き揚げてしまっては、主従の間に決定的な亀《き》裂《れつ》が生まれてしまう。人間関係に走った亀裂が広がるのは早い。ましてこの天凪は火竜の、無頼時代からの腹心だ。火竜同様に慕《した》う配下も多いだろう。ふたりの不和は、臣下たちの間に大きな動揺をもたらすはずだ。

「天凪さん……」

せめても、と思い、絹の手巾を取り出す。だが唇を切った傷から流れる血を拭おうとした手は、ぱん、と音を立てて払いのけられた。

「触るな！」

「――ッ」

「あんたが……あんたがすべての元凶だ。あんたがご主君を狂わせた。あんたの存在が、この天蘭を……いや、沙海中の国を滅ぼしたんだ！」

「え……？」

思わぬ言われように驚く沙蘭の肩を、火竜が背後から摑む。

「沙蘭、もういい。早く来い――」

引かれる力に、沙蘭がよろめく。その足を止めさせたのは、天風の投げかけた言葉だ。

「――ご主君が気ままな無頼暮らしを捨てて、この沙海を手に入れるための修羅の道を歩む決意をしたのは、なぜだと思う？」

「沙蘭、聞くな……！」

「それは――しょ、商人たちの後援が……」

「違う。それは手段だ。目的は――ご主君の本当の目的はな、あんただったんだ、宰相家の」

「天風、黙れ――！」

よろり……と壁に手をついて立ち上がる天風に、馬たちが忙しなく首を振る。何か決定的な場面が始まろうとしている空気を、彼らなりに感じ取ったのだろうか――。

「わ――たし……？」

驚愕――というよりは戸惑いのほうが大きく、沙蘭は目を瞠る。

「そうだ、ご主君はずっと――ずっとあんたに懸想していたんだ。あんたがまだ十歳の子供だったあの時から」

　そう告げられて、不意に思い出す。そうだ、この男もあの時――沙蘭と火竜が出会ったあの時、その場にいて、すべてを見ていたのだ――。

「……ッ」

　沙蘭の肩に食い込む火竜の手の力が強まる。だが、もう隠せないと覚悟を決めたのか、その手を震わせながらも、沙蘭を無理に連れ去ろうとはしない。

「あんたは知らんだろうが、宰相家の。ご主君はあの元服祝いの日から何度も、あんたを月弓国の公使館に招待しようと、家に使いをやったんだ。まだたった十歳のガキに、本気で惚れ込んじまってな。だがあんたの祖父さんや親父は、いつも言を左右にして断りを入れてきた。家に訪ねて行ったのを、露骨に追い払われたこともある。しまいには、無頼の輩と付き合いのあるお方が、うちの大切な継嗣を誑《たぶら》かすのはご遠慮いただきたい、ときっぱり言って寄越してな、絹やら玉《ぎょく》やら米麦やらを『お詫びの品』として山ほど届けてきた。当時困窮していた俺たちにとっては、喉から手が出るほど必要なものばかりだったが――」

　どうせ強請《ゆす》りたかりの類《たぐい》だ、と思われたのだろう、と天風は言う。乾いた口調ながら、それが当時の彼と火竜にとって、どれほどの屈辱だったかが、沙蘭に伝わってくる――。

「最後に、手切れ金だと言って櫃《ひつ》いっぱいの金貨を寄越された時、ご主君はそれを床にぶちまけてから、涙を流してこう言った。『天風、俺は王になりたい。誰にも侮られることのない、誰にも、何を憚る必要もない王になりたい。王となって、権力を手に入れ、この侮辱への報復に、天蘭宰相家からあの美しい沙蘭を奪ってやる。奪い取って、俺のものにする。俺の手で穢し、この腕の中に閉じ込めて、もう二度とどこにもやらない――』となﾞ」

　そして十年の歳月と、策謀の限りを尽くして、火竜はそれを実現したのだ。無慈悲で強大な征服王となり、沙蘭を手に入れ、引き裂いて、その肉体の隅々までも穢し、犯して、気高かった名家の御曹司を、男に抱かれて喜悦する淫らな男妾に作り替えてしまったのだ――。

「俺は――ご主君が王などでなくても、よかった。むしろ政だの戦だの、そんな面倒な世界に関わって欲しくなかった。出世などしなくていい。無頼漢の親玉として、いつまでも俺たちと気ままに暮らしていてほしかった」

　それを――と睨む目を向けられ、沙蘭は反射的に身を退く。

「ご主君の運命を狂わせたのは、あんただ。あんたは魔性の、傾国の男だ。その穢れた手で、俺に触らないでくれ――！」

　天凪が吐き捨てるように言った、次の瞬間。

　シャリン、と金属を擦る音がした。

　火竜が剣を抜き払ったのだ。ぎらりと光る白刃《はくじん》を見て、沙蘭は息を呑んだ。

「二度目はない、と言ったのを聞いていたな、天凪」

「ご主君――」

「沙蘭には、何の罪もない。ただ俺が、どうしようもなく執着してしまっただけだ――そんなことくらい、貴様もわかっているだろう」

　白刃を手に迫ってくる火竜を、天凪は睨むように真正面から見据えている。

「沙蘭の名誉を傷つけた罪は重いぞ」

長年、忠誠を捧げた主君の言葉に、天風はぺっ、と血の混じった唾液を吐きながら、投げ捨てるように告げる。

「……好きにしろ」

沙蘭は震えあがった。本気なのだ。火竜は本気で、長年の腹心を斬るつもりなのだ。そして天風も、それを受け入れるつもりなのだ——。

(いけない——!)

沙蘭はとっさに、男の手に縋っていた。

「駄目です、火竜!」

剣を握る男の手に、本当に必死で——。

「いけません! 天風さんを手にかけるなんて!」

「離せ、沙蘭!」

「天風さんはあなたにとって、これまでの苦楽をすべて共にしてきた得難い忠義の臣。それを、こんなつまらない諍《いさか》いで失ってはなりません! どうか心を鎮めて下さい!」

必死の沙蘭に、庇われたと悟った天風が「あんた——」と目を瞠っている。火竜は苛立ち、乱暴に沙蘭を振り払おうとした。

「こいつに侮辱されたのは、お前なんだぞ沙蘭!」

「わたしの……たかだか閨の奴隷ひとりの価値など、長年忠節を尽くした天風さんの足元にも及びません！　どうか――！」

何とか男の手から剣を引き剝がそうとして、沙蘭は思わず刀身を摑んでいた。「危ない！」と叫んだ火竜が、柄《つか》から手を離す。

沙蘭は剝き出しの白刃を抱きしめるような格好で、素早く男から遠ざかる。

「沙蘭……」

「か、火竜……」

さりっ……と音がしたのは、火竜の靴が馬草を踏んだからだ。一歩一歩、踏みしめるように沙蘭に近寄ってくる。

「刀を寄越せ、沙蘭」

男が手を伸ばしてくる。

「そんなものを抱いていたら、お前が傷つく」

「――ッ、聞けません。て、天風さんを斬らないと、約束して下さらなければ」

沙蘭は刀身を抱いたまま、男が近寄る分、後ずさって距離を取る。緊迫した空気を感じ取った馬たちが、首を振り振り、いななき始めた。

怖ろしかった。この男に逆らうのも、主従の諍いに口を出すのも。

(だけど――っ)

沙蘭は震えながらも、勇気を奮い起こす。

――あなたを変えてしまったのがわたしだというなら、なおさらだ……。

脳裏には、富み栄え、豊かさを謳歌している天蘭の民たちの姿が浮かぶ。

この男は英雄なのだ。王者なのだ。政治的不遇に長く悩んできたこの沙海の、この時この時代に、天が地上に遣わした存在なのだ。ならば、この沙海に暮らす民たちの安寧のために——いいや、この男自身のためにも、正しき王道を踏み外させてはならない。主従の間が決裂するのを、黙って見ているわけにはいかない！

苛立った火竜が、怒鳴る。

「抗えば、父母の身に危険が及ぶぞ！」

「構いません！」

間髪入れない抗いに、火竜は驚いたように目を瞠った。

「わたしはこの天蘭の宰相家に生まれた身です。父も、今は縁の切れた母も支配者の家の女性。国と民のために献身するのは当然の義務——。そう教えられて育ちました。お気に召さぬのならば、いつでも命をお取り下さい。ご存分になさって結構です——！」

「沙蘭……」

「でもどうか——どうかあなたは、王としての義務は忘れないで下さい。閨の玩具でしかないわたしと、忠実な臣下と——どちらが国にとって大切か、軽重の判断を誤らないで下さい。あなたは今や、この沙海の王なのです。どうかそれを忘れないで——」

ぶるる、と馬たちが鼻を鳴らす。昂奮した馬が、しきりに前脚で床を掻いている。

重い沈黙が降りた。滅多《めった》に動揺したそぶりなど見せない天風までもが、凍りついたように目を瞠っている。

「――沙蘭」

火竜が、重い声を絞り出した。

「沙蘭……俺にとって、お前よりも大切なものなど、この世にない」

ゆらり、と近づいてくる動きは、どこか陽炎《かげろう》のようだ。

「それなのに当のお前は、自分に価値などないと、平然と言うのか」

「火竜……っ」

「お前は出会った瞬間から、俺の夢、俺の幸福のすべて、俺の人生、俺の命だ。だからどうしても手に入れたかった。そのために手段を選ばず王になり、この天蘭を征服した――それだけのことだ」

「――っ」

「それなのに……それなのにお前には、どうして俺の心が伝わらない……？」

傷ついた魂の上げる悲鳴のような呻き声が、火竜の口から漏れている。沙蘭はさらに後ずさろうとして、馬房の壁に背をぶつけた。行き止まりだった。

「お前にとっての俺は、国を背負った王というだけの存在なのか。ただのひとりの男としての俺は、お前の眼中にないのか」

追い詰められた沙蘭の顔の両横で、男の手がドン、と音を立てる。

「あんなに、幾度も抱いたのに」

「……っ」

「幾度も幾度も、痴態《ちたい》の限りを尽くして体を溶け合わせたのに。お前にとっての俺は——そんなにも遠い、突き放した存在でしかないのか。お前の魂《たましい》の中に、俺は少しも食い込めていないのか。お前は……」

顎を取られ、上向かされる。

「お前は俺を……愛してはくれないのか、沙蘭……！」

浴びせられたのは、食らいつくような接吻だ。狼のように食み、吐息も何も奪い尽くしていくほどに、激しい、渇望に満ちた——。

「ん……ん、ん……！」

——そんなに俺が嫌いか……。

蠢く唇を通じて、夜闇の中で聞いた男の呟きが、驟雨《しゅうう》の最初の一滴のように沙蘭の心に落ちてくる。

そうだ、この男はとうに告白していたのだ。お前が欲しいと。体だけでは足りないと。胸に滾《たぎ》る想いに報いてくれない、お前が憎いと。

なのに自分は、目の前にあるそれから、ずっと目を逸らしてきたのだ——。

唇がほどけると同時に、するりと剣を取り上げられる。

火竜は、それをすぐに鞘《さや》に納めた。そして天風の横をすり抜け、馬房を出て行く。

後には、安堵したように首を振る馬たちと、壁に寄り掛かったままの沙蘭、そして、暗澹《あんたん》とした表情の天風だけが残された。

目の前には、芳香を放つ茶。そして果物や揚げ菓子などの軽食。

その向こうにどかりと腰を降ろして腕を組む、仏頂面《ぶっちょうづら》に膏薬を張りつけた長身の男を、沙蘭は困惑しつつも痛ましげに見やった。あまり内心を言動に表す男ではないが、忠誠を捧げてきた主君からあんな形で手討ちにされかけては、さぞや傷ついているだろう。

（お好きな食べ物でもわかれば、いいのだけれど――）

とりあえず馬房から後宮に連れて来て、竹林と梅林に傷の手当てを命じ、型通りに茶を出したが、男の態度は軟化する兆《きざ》しもない。

「沙蘭さま、華の国より伝来の砂糖菓子はいかがでございますか？」

竹林が声を掛けてくるのに、「ああ、もらおう」と応じる。宦者兄弟も場の気まずさに困惑しているのか、先ほどから必要もなく茶のおかわりを勧めたり、干し棗を追加したりと、せわしない様子だ。

「――悪かったな」

不意に、天風が声を発する。沙蘭は動揺し、手元の茶器を取り落としかけて、かちゃんと音を立ててしまった。

「あれは俺の八つ当たりだ。できれば忘れてくれ」

あれとは、おそらく沙蘭を「魔性の男」呼ばわりしたことだろう。沙蘭は「もちろん」と頷いたあとで、天風を見つつ口を開いた。

「詫びられる必要などございません。だって天風さんは、本心からそう思っておいでなのでしょう？

わたしを、主君を誑かす性質《たち》の悪い傾国の男だと」

「ああ」

隠す気もなく肯定した天風は、茶をひと口啜って、かちゃん、と器《うつわ》を置く。

「だが口に出す必要はないことだった。あんたも気にするな」

とうてい無理なことを臆面もなく要求するあたりが、主君と似ている。沙蘭は憎らしい気持ちも湧かず、ついクスリと笑ってしまった。

「何が可笑しい？」

「いえ……」

誤魔化したあとで、さすがに笑うのは非礼だった、と思い直した沙蘭は、言葉を続けた。

「あなたとお会いしたのも、あの人と同じ日だったたな、と思い出しただけです」

「ご主君とか？」

「ええ……」

「あの時は——宰相家に食い物を盗みに入ったんだったな」

天風の記憶も鮮明らしい。珍しく、話に乗ってくる。

「ご主君が厨房に潜入して、俺がブツを塀の外から受け取る手はずだったのに、いつまで経っても出てこないから、塀の上から庭を覗いてみれば——」

火竜は、その日元服したばかりの十歳の男児と楽しげに戯れていた、というわけだ。

「ご主君はそれまで、人並みに女好きで、金もないくせによくモテもしたから、小童《こわっぱ》など眼中になかった。別に嫌ってもいなかったが、せいぜい、子供を抱えて困窮《こんきゅう》している女に同情して、金や食料を恵んでやったことがあるくらいだ」

「……」

「あの小僧の何がそんなに気に入ったんだ、と尋ねたら、『何だかわからないが、とにかくあの聡明そうなたたずまいに惹かれるんだ』と。まあ、わりと気分屋というか、気まぐれなところのある人だったから、今回もそれか、とあの時は気に留めなかったんだが——」

天風は茶器から自分で茶を注ぎ、がぶりと飲んだ。

「……ご主君が、生まれた時は公子でも何でもなかった、という話は知っているか」

いきなり思いがけない話を切り出されて、沙蘭は「えっ」と驚く。

「初耳です——どういうことですか……？」

「ご主君の母親は、月弓国の後宮で働かされていた、最下級の侍女だったらしい。それが何の弾みか、一夜だけ王のご寵愛を賜ったそうだ。そして、そのたった一度の情事で身籠もってしまった」

「……」

そんな扱いを受けるということは、火竜の母はおそらく、正式な宮廷の女性官吏ではなく、労働力として買い入れられた奴婢《ぬひ》だったのだろう。それでも王の目に留まったからには、美しい人だったに違いない。火竜の秀麗な容貌は、母親譲りなのだ。おそらくあの、青い瞳も——。

「しかし王は、女の腹の子を我が子だと認めなかったそうだ」

沙蘭は「えっ」と驚いた。

「そんな――なぜです？」

「女の身分があまりにも低くて、後宮の一員にするには障《さわ》りがありすぎたかららしい。その他にもまあ、当時ご寵愛を受けていた后妃のご機嫌を損ねたくないだの、ただでさえ掃いて捨てるほどいる公子がこれ以上増えるのは困るだの、色々理由はあったようなんだが――結局、ご主君の母親は、後宮を出されて、とある商人の男に嫁がされる形で厄介払いされた」

「――お腹に王の子を宿したまま？」

「そうだ。そしてご主君は、その商人の男の子供として生まれ、養育された。自分が王族の子だなどとは、欠片も知らないままな」

公子らしからぬ言動は、そのためか――と沙蘭は深く納得する。そんな沙蘭の顔をちらりと見て、天風は続けた。

「そんな出生だったが、ご主君の養父というのは奇跡的にいい人でな、押しつけられた身重の妻を何も言わずに迎え入れ、生まれた子供もきちんと我が子として慈《いつく》しんで育ててくれたそうだ。それに微々たるものだったが、母親には王からいくばくか手切れ金のようなものが渡っていて、夫婦はそれを元手に商売を大きくし、裕福とまではいかないが、そこそこ平穏に、食うには困らない生活を営んでいた。ご主君は十五歳くらいまで、養父の商売を手伝って、商隊に加わり、沙海交易路を西へ東へしていたそうだ。商人の考え方や通商の仕組みを熟知しているのは、そのためだろう」

「それが、どうして――？」

どうして人質の公子として、天蘭へ？　と訝しんだ沙蘭に、天風はひとつため息をつく。

「……ご主君がすっかり商人の跡取り息子になりきって暮らしていたある日、突然、宮廷から使者が来た」

その使者は、今になって突然、火竜を公子として認知するから、宮廷で暮らすように、と言ったのだそうだ。そして有無を言わせず火竜を生家から連れ去ると、宮殿の一室に監禁同然に隔離してしまったのだと。

沙蘭はその理由を察した。かちゃん、とまたも手にした茶器が鳴る。

「まさか――人質として天蘭に差し出すために……？」

黙って頷く天凰を見て、沙蘭は息を呑む。

そんな……他国への人身御供として差し出すために、長年認知もせずに捨て置いた息子を呼び戻したというのか。そんな勝手な理由で、火竜は家族と引き離されたというのか。言葉を失う沙蘭に、天凰はまたため息をつき、茶器の底に残ったわずかな茶をくるくると回した。

「……ご主君は、結局一度も、実の父親と対面もしないまま、天蘭へ送られてきたそうだ」

「ひどい……」

沙蘭は憤った。それでは、本当に捨て駒だ。

王族や貴族が特権を享受《きょうじゅ》できるのは、いざという時、国や民のために身を投げ出す義務と引き換えなのだ、と教えられて育った沙蘭は、それを当然のこととして心得て生きてきた。先ほど、一時の激情にまかせて天凰を斬ろうとした火竜にも、そう説いた。

だが火竜の場合はどうだろう――？　額に汗して働く必要のない暮らしや、贅沢な生活調度など、王族としての特権は何ひとつ享受できないまま、ただ王の血を受けた子というだけで、国のために犠牲となる役割を押しつけられるのは、いくらなんでも理不尽すぎるではないか。まして火竜とその両親は、誰の世話を受けるでもなく、自分たちの力だけで幸せな生活を築き上げていたのに――。

「……火竜の、母君とご養父はどうなったのですか？」

嫌な話を聞いてしまうだろうことを予想しつつ、沙蘭は尋ねた。

「母親は、一度は自分たち母子を捨てながら、身勝手な理由で子供を取り上げた王への怒りと、せっかく築き上げたささやかな幸せを壊された悲しみのあまり、間もなく悶死《もんし》したそうだ。養父は、たぶん何もかも忘れようと思ったんだろう。商売を畳んで胡の国に移住し、それっきり音信不通だと聞いた」

「……」

幸せだったのだろう家族の、無残な崩壊の話を聞き、沙蘭は両手を握りしめる。国というのはしばしばそういうものだが、あまりにも残酷で身勝手な仕打ちだった。人質だった頃の火竜が、自暴自棄に無頼漢として振る舞っていたのも、無理からぬことだ。

「――だが、そんな目に遭わされたというのに、ご主君は心根《こころね》のやさしさを失わなかった。とある盗賊の頭に、奴隷としてひどく虐待されていた貧相な小僧を、行きがけの駄賃で救い出したり、な」

沙蘭は思わず天風の顔を見やった。おそらくそれは、この男自身のことなのだろう。そして救い出されたこの男は、理不尽な運命を押しつけられつつも、決して不幸な境遇にある人間への同情を忘れない火竜に、心底惚れ込んだのに違いない。

「そんなご主君が、ある日突然、もう自暴自棄はやめだ、と言い出した。公子としての立場を押しつけられたからには、それに振り回されるのではなく、利用してのし上がってやる、と」

「……っ」

「理由は、さっきあんたに暴露した通りだ。要するに、惚れた相手ができたが、そいつを手に入れるためには、貧乏公子のままでは駄目だ、ということだった」

沙蘭は赤面した。天風がそんな沙蘭を、片眉をぐいと引き上げた顔で凝視してくる。

「俺はそれまでの、ご主君とのやりたい放題な生活を気に入っていたから、どんなに綺麗な奴でも、たかだか野郎のガキひとりのためにって、まあ不満がなかったわけじゃないんだが——それでも、この人にとことんついていってみよう、と思った。ご主君の器量は、確かに一介の無頼漢で終わるものじゃないと思っていたし、何より心を決めたご主君自身が、傍目《はため》からも眩しいほどに愉しげでな」

チチチチッ、と小鳥が飛び立ってゆく。本来ならば数十人の后妃が暮らせる規模の後宮は、今は手入れの行き届いた、美しい廃墟《はいきょ》のようだ。

「ご主君は、商人の子として育っただけに、商人たちの気質というか、彼らが何を求めているかを知《ち》悉《しっ》していた。『全沙海を統一する国を』『交易の障害になる小国家群の利権廃絶を——』。それを実現してやる、と甘言を撒くだけで、驚くほど富裕な商人たちが群がり寄ってきた」

つまり火竜は自分の支持基盤として、最初から沙海交易路を行き来する商人たちと、その資金力を想定していたということだ。天才的と言うしかない目の付け所だった。

「だが政治の世界は、商人の金銭ずくの世界とはまた別の意味で修羅の道だった——ご主君は、何度も深く傷つけられた」

沙蘭は驚いた。天凪は、この十年の間の、沙蘭が知らない火竜のことを語り出そうとしていた。この口の重い男が――。

「中でも決定的だったのは、妹君のことだ」

「――妹……？」

「そう、杏樹姫《あんじゅひめ》と言ってな。数多いなんてものじゃない人数の弟妹の中で、ご主君が唯一可愛がった姫だ。母親が華人の女性でな」

「……」

「茶の少しも混じらない漆黒の髪と、同じ色の瞳をした、それは愛らしい姫だった」

それは――と沙蘭は口に出しかけて、思いとどまる。その姫は、自分に似ていたから愛されたのだろうか、とは、少しうぬぼれが過ぎる想像だろう。少し癖のある濃い茶の髪に青い目――という、複雑な血の混じりを感じさせる容姿の火竜には、純粋な黒髪黒瞳は、単純に憧れなのかもしれないし――。

「老耄した王に代わって若い火竜王が即位したあとも、月弓国は即日強国に変身を遂げるというわけにいかなかった。王権はすっかり失墜《しっつい》しきっていて、裏で華帝国と結託《けったく》した臣下の中には、領地の砦に武力をたくわえ、叛乱《はんらん》の機会を窺うような輩もいてな」

天凪は茶で口を湿す。

決して多くはない天凪の言葉数から、沙蘭はその裏にある複雑な事情を感じ取った。月弓国はこの天蘭よりもはるかに胡の国に近い位置にあり、その王族も、代々胡の血を濃く引いている。火竜自身の容姿からも、それは窺い知れる。

華帝国は、おそらく胡の国の勢力の伸長に対抗するための橋頭保《きょうとうほ》として、月弓国の有力者を取り込んでいたのだろう。その結果主従の勢力関係は逆転し、臣下が王を凌《しの》ぐ力を身につけてしまったのだ。

この沙海ではよくある、権力闘争の構図だ。華の国と胡の国、両大国の欲望に翻弄されて、どれほどの王族や貴族が運命を狂わされてきたことか——。

「ご主君はそいつらに足を掬《すく》われないように、まだ幼かった杏樹姫を降嫁《こうか》させざるを得なかった。事実上の、人質だ」

「……っ」

「口には出さなかったが、さぞ辛かっただろうと思う。かつて自分が押しつけられた運命を、最愛の妹に押しつけなければならなくなったんだからな」

政略結婚も人質も、政治の世界ではよくあることだ。そう理解はしていても、元々公子として育てられたわけではない火竜には、その非情さは受け入れがたかっただろう。自分が足を踏み入れた世界の本当の冷たさと厳しさを、成り上がり者の若い王は、その時初めて理解したのかもしれない。

「そして結果的に——杏樹姫は、命を失うことになった」

「え、っ……」

衝撃に顔を振り上げる。天凪はそんな沙蘭の顔に、険しい視線を向けてきた。

「まあ、そこに至るまでのあれこれは面倒だから省略するが……ご主君はな、あの時、妹君が殺されるだろうことを承知の上で、叛乱を企てた臣下の根拠地を攻めざるを得なくなったんだ。先手を打たなければ王位を簒奪《さんだつ》される——という瀬戸際だったからな。最愛の姫の命よりも、自分の権力を守ることを優先したのさ」

沙蘭は、天風の視線に捕らえられたまま言葉を失っている。

火竜が元々、非情で強欲《ごうよく》な、権力欲に満ちた男であったら、さして痛痒《つうよう》を感じることもなく、妹を見殺しにしたに違いない。だが火竜がそういう男ではないことは、沙蘭も天風も知っている。逆賊を討つ、と決断を下した時の火竜の心情を思うと、沙蘭はたまらない気持ちになった。

「ご主君はあの時、杏樹姫を救うことを優先して、王位を諦めることも考えていたと思う」

話すうちにくつろいできたのか、それとも間がもたなくなったのか、天風は砂糖を固めた華の国風の菓子をひとつ、口に放り込んだ。がりっと嚙んで顔を顰めたところを見ると、本来あまり甘いものは好まないらしい。

「杏樹姫は、王族としての運命に殉《じゅん》じろと命じるには幼すぎる年齢だったし——王位を失っても、また一からやり直せばいい、と口にするところも、俺は見聞きしているからな」

だが火竜はその道を選ばなかった。無論それには、これまで自分に力を貸してくれた商人たちの投資に対する義理もあっただろう。それまで強力な味方だった金銭の力が、火竜に身内の犠牲を強いたのだとしたら、それもまた悲痛な話だ。火竜はその時、人情味のある兄として愛情を全《まっと》うするのではなく、犠牲を厭《いと》わぬ、非情な権力者として生きる道を選んだのだ。

「叛逆者の一族を討伐《とうばつ》して、杏樹姫の遺骸《いがい》と一緒に王宮に凱旋《がいせん》してきた時、ご主君は甲冑も脱がないまま自室に閉じこもってな――」

そのまま一昼夜、出てこなかった、と天風は語った。房の中からは、その間、物音ひとつせず、嗚咽すら聞こえなかったと。

「さすがに心配になって、俺が覗きに行った時も、ご主君は返り血と煤《すす》に汚れた甲冑姿のまま、椅子に腰かけて項垂《うなだ》れていた。おそらく身じろぎもせずに一昼夜過ごしたんだと思う」

「――ッ……！」

「俺はご主君の前に跪いて、『大丈夫か？』って声を掛けた。ご主君はまるで人形みたいに生気のない動きで顔をあげて、こう言った」

――天風、俺は今日、人間ではなくなった……。

その声を、時空を隔てて聞いた沙蘭は、ぶるりと震えあがった。あの昏い青の瞳が、脳裏に浮かびあがる。おそらくその瞬間も、火竜はあの目をしていたに違いない――。

「俺は何の罪もない妹を死なせて、王の位を守った人でなしだ、などと言い出すものだから、俺も困ってな。王というのはそういうものだ。身内の情に引かれて、いちいち王が位を投げ出していては、国が乱れるばかりで、結果的に民の犠牲も増える一方だろう。杏樹姫のことは残念だったが、尊い犠牲と思って、同じ過ちは繰り返さない、と心に留めておけばいい――とか何とか言ったんだ」

「……それで……火竜は何と……？」

「そうじゃない、天風、と」

火竜はもどかしげに、叫ぶように言ったのだそうだ。そうじゃない、天風、俺は――！

「俺は戦の間じゅう、天蘭宰相家の御曹司のことばかり考えていた。一刻も早く沙海を征服し、堂々たる王としてあの美しい男と相対したいと――。その機をこれ以上遠のかせたくない、と、そのことしか頭になかった。国を乱さぬため、などと言いながら、本当は、自分の恋心のために、杏樹を犠牲にしたんだ――と」

ピピーッ、と、庭に遊ぶ小鳥たちが、警戒音を放つ。上空に鳶《とび》か鷹《たか》が現われたのだろう。鳴き声の絶えた庭で、しばし、泉水の水音だけがちょろちょろと響く。

沙蘭の耳に、火竜の声が蘇る。

――お前は出会った瞬間から、俺の夢、俺の幸福のすべて、俺の人生、俺の命だ。だからどうしても手に入れたかった。そのために手段を選ばず王になり、この天蘭を征服した……。

――それなのに……それなのにお前には、どうして俺の心が伝わらない……？

――お前は俺を……愛してはくれないのか……！

（そんなに……？）

沙蘭は体を震わせた。

（そんなにもあの男は、このわたしを――？）

「確かに――あの時、ご主君は、人としての何かを投げ捨てたのだと思う」

天風は淡々と述べた。

「あれ以来、仲間が死んでも、裏切りにあっても、犠牲を払う必要が生じた時も、ご主君が感情を動かすところを見たことがないからな」

天風はそう言ったが、きっとこの男は火竜のそばにいて、誰よりも近くその心の声を聞き続けてきたはずだ。

叫びのような、それを。

「ご主君は――あれからずっと、たとえどんな形でも、あんたをものにさえできれば、今まで払った犠牲のすべてが報《むく》われ、傷ついた人生も元に戻ると、無意識に期待していたのだと思う。あんたを虜囚にし、自由を奪って奴隷のように所有すれば、苦しい執着も満たされ、涸れた心は昌海のように潤うと、最後の希望に縋っていたんだ」

それが虚しい期待だと、最初から知っていたかのように、天風の声は痛ましげだった。幸せというものは、そういう方法では手に入らないのだと、この冷静で賢明な男は知っていたのだ。大きな傷心を抱える主君に、だがこの忠義者はずっと忠告の口を閉ざしてきたのだろう。沙蘭を手に入れる……という一念すらも奪われてしまっては、火竜の心が折れてしまうからだ。

「――だがあんたは、ご主君が思っていた以上に誇り高く、見かけよりもずっと剛毅《ごうき》な男だった。体を奪われたくらいで、そうやすやすと心を屈し、媚を売るような人間ではなかった。そんなあんたに、ご主君は傷つく一方で、さらに執着し、愛されたいと本気で願うようになってしまったんだろうな」

花の香りを乗せた風が吹きわたる。

――愛されたいと願っている。

あの火竜が――。

沙蘭はただ黙って、忠実な男の言葉を聞いている。

「……わかっているんだ。あんたにとっちゃ、ご主君の懸想《けそう》なんぞは、はた迷惑でしかないってことは」

天風は、ふぅ……とため息をつく。

「あんたは意識的にご主君を籠絡したわけじゃない。ただ一方的に惚れ込まれ、執着されてしまっただけだ。それなのに愛しいだの憎いだの、手前勝手な感情を押しつけられて、無理矢理男妾にまでされた挙げ句、理不尽に傾国だの魔性だのと罵られちゃ、さぞ業腹《ごうはら》だろう」

「天風さん……」

「だがな、それでも——そうだとわかっていても、俺はあんたが許せない」

かちゃん、と茶器が皿に置かれる。

「あんたがいなければ、ご主君があんなふうに変わってしまうことはなかった。貧しいながらも陽気な無頼漢の大将として、仲間に囲まれ、平和に生きていただろう」

「——ッ……！」

「いや、それはもういい。非情な政と戦の世界に足を踏み入れたのは、あくまでご主君の意思だ。それに最初の動機は褒められたものじゃないが、結果的にご主君は、この沙海を統一し、人々を富ませ、大国の思惑に翻弄される運命から解放しようとしている。心に傷を負い、愛する者を失う代償を払って、やっとの思いでここまで漕《こ》ぎつけたんだ。そしてそれは、これからも大国との対峙という形で続くだろう。だから恋心のひとつくらい報われなければ——あまりにも……」

天風の目が、鋭く沙蘭を見据える。沙蘭は背筋を緊張させた。

「なあ、宰相家の」

沙蘭、という名を避けて、天風はそんな風に呼びかけてくる。

「察しているか？　趣味の悪さは救いがたいが、ご主君が、あんたに会う時に限ってえらく派手な衣装や鎧を身に着けているのは、あれで想い人の前でお洒落をしているつもりなんだ。あれでも、あんたの気を惹きたいがために、目いっぱい美々しく着飾っているつもりなんだ……馬鹿だろう？」

「……」

「だから俺も、馬鹿なご主君のために人の心を捨てることにした。ご主君が望むならば、どんな卑劣なことにでも手を染める。たとえば嫌だと泣く男を縛り上げて、凌辱させるようなことでも、な――」

じっと、沙蘭を凝視する。沙蘭は気圧されて、目を逸らした。

「……あんたに怨みは何もない」

風が、咲き誇る花々を揺らす。

「だがもしあんたが――あんたが、ご主君の想いを無下にして、不幸に陥《おと》れるようなことがあったら……」

その時は決して許さない。

その思いを鋭い視線で語り、天風は席を立つ。

そして挨拶もせずに、沙蘭の前から去って行った。

沙蘭は庭に面した席に座したまま、微動だにしない。

そして、長く長く――そのまま、そこに座り続けていた。

「火竜……」

我知らず、涙を一粒、零しながら――。


カチン……カチン……、と、高く澄んだ音色が、優美な拍子を刻んでいる。

――燕《つばめ》は故郷へ。雁《かり》は南へ。あなたを想う憂いは、あなたを忘れぬための苦き薬と思おう……。

歌うは、夜《よ》鳴《な》き鶯《うぐいす》の如き美声だ。華の国からやってきたという歌妓は、その白魚の指に拍板《パイバン》を持ち、自ら拍子を刻みながら、歌い、かつ舞っている。

沙蘭は、いかにも貴人の愛妾らしく、絨毯の上に気だるく横座りし、大きな座褥《クッション》に身を預けた姿勢で、それを見物している。

先日の償《つぐな》いのつもりなのだろうか。今朝方突然、近ごろ市中で評判の芸人一座を呼んだ、と告げてきたのは。

――俺は多忙で同席できないが、せいぜい楽しむがいい……。

そんな伝言に、（何を勝手な）と腹立ちつつ、貴人からの招きという光栄に顔を輝かせている芸人たちを追い払うのも忍びなくて、沙蘭はただ、つくねんと座っている。

気分が浮かない。あの日から寝ても醒めても、男の顔と声ばかりが脳裏に蘇ってしまうのだ。

――それなのに……それなのにお前には、どうして俺の心が伝わらない……？

――お前は俺を……愛してはくれないのか……！

沙蘭は落ち着かない気持ちで、姿勢を変えた。まるで絨毯に棘でも生えているかのように、先ほどから心地悪げに身じろいでばかりいる。

(——わたしは……いったい、どうしたら……)

確かにもう、沙蘭は、以前のようには火竜を憎めなくなっている。実父である王の理不尽な思惑によって少年期に幸福だった家庭を壊されたことや、その失意と自暴自棄から立ち直った理由が沙蘭だったことや、王者として歩んできた困難な道程を聞かされた今は、火竜はもう、沙蘭にとって、「敵」として心に距離を置ける男ではなくなってしまっている。同情し、絆《ほだ》されてしまっている。

(だからと言って……)

天蘭宰相家の人間として、祖国を滅ぼした相手に愛情を抱くことなど、許されるはずもない。

沙蘭は幼い頃から、支配者の生きざまは、民とは違うものだ、と教えられて育った。国が亡ぼうが王が変わろうが、民はまた新しい国と王のもとでしたたかに生きてゆく。だが宰相家のような支配者階級にそれは許されない。国の栄華に寄り添い、その恩恵によって生きてきた者は、本来その終わりが生の終わりであるべきなのだ。沙蘭が今日まで、体を穢されながら生き恥を晒してきたのは、病に倒れた父や、遠い国で心細く未亡人として生きている母や、一族中の弱い者たちが火竜に害されないようにするためであって、決して命を惜しんだわけではない。

だが、長く時を過ごせば、人の心は繋がってゆく。相手が敵であろうが仇であろうが、その心を理解してゆけば、自然に情も湧く。頑なな誇りも、いつしか解けてゆく。相手の所業を、無意識のうちに許してしまうようになる——。

ふと沙蘭は、昏い思考に取り憑《つ》かれた。

（わたしは、やはりあの時——命を絶っておくべきだったのではないか——）

あの日、火竜に囚われ、彼の慰み者になったのだと悟ったあの時、誇りを持って自害し、火竜を拒むべきだったのだ。時を過ごすうちに、こんなふうに火竜を憎み切れなくなると知っていたら、たとえ父母を巻き込むことになろうとも、決然と舌を嚙み切っておくべきだった——。

（……いや、それは今からでも遅くないのでは……）

これ以上、情が湧いてしまう前に——体だけではなく、火竜への感情が、もっと深刻で淫らなものになってしまう前に——。

歌妓はそんな沙蘭を前に、朗々と華語で歌っている。星合《ほしあい》の歌。引き裂かれた夫婦の星の嘆き、七《しち》夕《せき》の伝説を。

——月は煌々《こうこう》。星はいまだ西に流れず。牽牛《けんぎゅう》と織女《しょくじょ》はお互いを遠くに眺めて嘆きあう。わたしたちが何の罪を犯したというのか。ただ昼も夜も愛し合っただけなのに……。

一座と言っても、おそらく全員が後宮に上がったのではないのだろう。楽師が三人に、歌妓はひとり。あとは一座の荷物持ちをしているらしき、地味な身なりの若者がひとりきりだ。観客の目を邪魔しないためにか、顔のほとんどを布で覆った姿で、大人しく隅に控えている。

カチン……カチン……、と、拍板の硬く澄んだ音は続く。歌声は男女の悲恋を哀感を込めて謳《うた》い上げ、最後には泣き崩れるような乱調子となった。沙蘭も内心、（ほう）と驚く。これほど人間の生々しい感情を激しく現す歌妓など初めて見る。なるほどこれは、評判になるのもわかる。さぞかし市井の人々の紅涙を絞ったことだろう。

女が嘆きの声を放ちながら、倒れ伏すような姿で舞い納めた、その一瞬の後に、楽師の弦が最後の音を奏《かな》でる。

沙蘭は一座の妙技を、手を打って褒め称《たた》えた。一座の全員がスッ……と身を屈め、それに答礼する。

「見事だった。久々に気が晴れる思いだ」

「過分なお言葉にございまする」

歌妓は華語で答礼する声までが美しい。いささか、作ったようなところはあるが——。

「疲れただろう。次の曲の前に、一服《いっぷく》するがいい。茶と菓子を用意させよう」

「ありがとうございまする。お言葉に甘えまして、頂戴いたしまする」

歌妓の視線での促しに応じて、覆面の若者が立ち上がる。そして竹林と梅林が運んできた茶道具一式をさりげなく受け取り、一座の者たちに先んじて、沙蘭に一杯を勧めてきた。

「ああ、ありが——」

その時沙蘭は、あやうく驚きの声を放ってしまうところだった。間近に迫った覆面の若者の顔が、見慣れた人間のものだったからだ。

（——若水……！）

若者は黙礼し、主君の前を離れる。

堂々と身分と顔を明かしてここを訪れたこともある従者の意図を計りかね、沙蘭が戸惑っていると、若水は突然、歌妓に勧めていた茶と菓子の盆を取りこぼした。

ガシャーン、と派手な音。

「まあ！」

歌妓の衣装に、茶がかかる。楽師たちまでもが腰を浮かし、竹林は歌妓が熱い茶に触れて火傷《やけど》をせぬよう手を貸して立ち上がらせ、梅林は雑巾などの用具を取りに走って、大わらわとなった。

——その隙に。

若水は狼狽して後ずさるそぶりで、沙蘭の手に結び文《ふみ》を押し込んできた。一瞬、驚いた沙蘭も、忠実な若者の意図を知って、それを袖の中に隠す。

「まあ、まあ……申し訳ございませぬ沙蘭さま。うちの若い者が粗相《そそう》をいたしまして——」

歌妓が一座を代表して謝罪する。この者たちが若水と結託しているのか、そうでないのかは、沙蘭には判断がつかない。精一杯のそしらぬふりで、「あ、ああ」と返答する。

「間違いは誰にでもある。その者を、あまり叱らないように」

沙蘭にとっては通り一遍な言葉に、一座の者たちは「なんと慈悲深い……」と感激する様子だったが、これも半ば演技かもしれない。

歌妓たちと楽師の一団は、その後作法通りに軽食の振る舞いにあずかって、多額の報償を受け取り、感謝と愛想を振りまきつつ帰って行った。若水も何食わぬ顔で、一座の最後尾について後宮を下がっていく。

沙蘭がその文を広げたのは、竹林と梅林が座の者たちを見送りに出た隙だ。

「父上……？」

その密書は、父・江蘭による手蹟《て》ではなかったが、文面には明らかに父子の間でしか通じない事柄が記されていた。おそらく誰かに代筆させたのだろう。いかにも名門の当主らしく高い教養を感じさせる文章に、父は順調に回復していると確信する。

(よかった――)

だが慌ただしく目を走らせて読んだ文面は、一瞬の安堵を打ち砕いた。そこには、華帝国皇帝の支援を得たゆえ、近日中に叛乱を起こす。そなたも心得ておけ――という内容が、簡潔に記されていた。

――祖国を再びわが手に。侵略者どもを打ち倒し、我らが王を再び玉座に還御《かんぎょ》せしめるのだ……!

手紙を握る沙蘭の手が、激しく震える。

火竜を倒す……?

ふと目に浮かんだのは、賑やかに栄える天蘭の市街と、それを見つめる火竜の、明るく誇りやかな表情だ。自身が王者であり、この国を我が手で築いたのだと強く自負する男の顔を脳裏に描いて、沙蘭は胸奥で心臓が跳ねるのを感じた。

――どくり、と。

頬に血が差し上ってくるのを感じ、沙蘭は慌てた。その堂々たる王者に、切ない表情で「愛してくれないのか」と囁かれた瞬間までをも、瞬時に思い出してしまいそうになったからだ。

(馬鹿な――)

何を考えているのだ。こんな危急の時に。色恋沙汰になど思いを馳せている場合ではないだろう、と首を振る。沙蘭の知らぬ間に、父と宰相家が大きな陰謀に巻き込まれようとしていたというのに。

いったい、父は理解しているのだろうか――？　この天蘭の民たちは、すでに新しい王のもとで従前より繁栄した生活を始めているということを。火竜の支配は、すでに民衆に受け入れられ、順調に回転し始めている――ということを。

（今、乱が起きることなど、民は誰も望んでいない。むしろこの情勢下で幼君が再登極などしては、却《かえ》って華国の勢力に付け入る隙を与え、天蘭に完全な滅亡をもたらしてしまう――！）

追放された幼君を呼び戻し、傀儡《かいらい》として立てるか、それとも、自国軍を進駐させて直接支配するかはわからないが、華帝国はおそらく、乱に乗じて火竜を殺害し、沙海一円を我が物にする気だ。

小国内部に、大国の思惑を招き入れるのは、そういうことなのだ。大国が小国を利用することはできても、その逆などありえない。そのことを父は理解していない。いや、沙蘭とて、火竜の過去話を聞かされるまでは理解していなかった。だが今はわかる。あの強大な兵力と商人たちの経済的支援を得ている火竜ですら、華の国の息のかかった臣下一族と対峙するために、最愛の幼い妹を犠牲にせざるを得なかったのだ。まして大局観も独自の兵力も持たない自分たちになど、何ができるだろう。

（止めなくては）

沙蘭は慌てて机に駆け寄り、葦筆《あしふで》を手にする。そして父からの文を裏返すと、急いで筆先を走らせた。

――謀反など不可なり。無謀無策に過ぎる。華国の思惑に乗ぜられるな。思い止まられたし……。

それを、先ほどまで歌妓一座が歌いかつ舞っていた絨毯の下に隠す。そしてやや鋭い声で呼ばわった。

「竹林、梅林！」

珍しく沙蘭に呼びつけられた宦者兄弟が、何事かとふたりそろって入室して来る。沙蘭はもっともらしい顔を作るのに苦労しながら、兄弟に言いつけた。

「今の者たちの芸、まことに見事でいたく気に入った。明日から能う限り、毎日来るように伝えてくれないか」

「おお、それは……」

竹林が老顔を綻ばせる。

「早速に伝えましょうぞ。さぞさぞ、喜び勇むことでござりましょう」

「沙蘭さまにも、日々のお楽しみができることは、まことによろしきことにてござりまする」

そろって低頭する兄弟を前に、沙蘭は懸命に微笑を作った。


若水は、それから毎日のように、一座の一員として現れた。

そしてさりげなく、絨毯の下に敷かれた手紙を回収し、下がってゆく。そしてまた翌日には、新たな手紙を持参して現れる。

そんなことが数日繰り返されるうちに、沙蘭はあることを悟った。

——一座の者たちも、若水の正体を承知している……。

一座の者は、全員が華人だ。おそらく歌舞団は表向きの顔で、その正体は華帝国が送り込んだ間者《かんじゃ》なのだろう。

——華帝国が、火竜王の抹殺《まっさつ》に本腰を入れてきた……ということか。

そのことは、父の寄越す密書の文面からも察せられた。江蘭が言うには、すでに華国の兵は商人などに身をやつし、天蘭の各所に潜伏しているのだという。

国境には、必要な兵力が、すでに越境の機会を窺って集結している、とも——。

——機はすでに熟している。もはや火竜王の命運は尽きた……。

沙蘭は顔色を変えた。

(父上はわかっていらっしゃらない。華帝国は決して無償で我らに手を貸すことなどない。王の救出と復位《ふくい》をちらつかせてきたのも、後日、傀儡の王とするか、今度は我らに対しての人質にするつもりだからに決まっている——！)

火竜が過去に最愛の妹を華帝国の策動によって失ったことを知って以来、沙蘭は従前のようには華を信用できなくなっている。かの国はこの沙海の情勢に干渉するためならば、手段を選ばないのだ。

だが天蘭陥落以前の意識のままの父はそうではない。長年の朝貢関係が今も有効であると信じている。

その父子の間の認識の差が、密書のやりとりではどうしても埋まらないのだ。それがもどかしくてならない——。

(どうする——いっそ、叛乱計画を火竜に打ち明けるか——？)

思い詰めた挙げ句、そう決意しかけて、だが沙蘭は結局それを断念した。

火竜に密告することは、結果的に一族の命を売ることだ。病の身の父だけではない、女子供まで含めた親族一同が捕らえられ、おそらくは即日処刑――。いや、いつぞや火竜が脅したように、水も食料も持たされず、沙漠のただ中に放り出されるかもしれない。そうなれば、何の罪もない幼児までもが、無残で苦しい渇き死にの運命に遭うことになるのだ――。

（できるものか、そんなことが……！）

密書をぐしゃりと握り潰す。

そうして、天蘭宰相家の御曹司は、房に戻ると、葦筆を手に決意の密書をしたためた。

密書で交わした手筈通り、夜半、女装束で後宮の塀を乗り越えてきた沙蘭を見て、若水は闇の中で目を瞠った。彼ですら一瞬、目の前の人物が沙蘭だとはわからなかった様子だ。

（本当に、これは『いい考え』だな――）

いささか皮肉な気分で考えつつ、沙蘭は忠実な若い従者が連れてきた馬の背に乗る。華麗な刺繡をほどこした被衣《かつぎ》と、錦《にしき》の楽器袋を手にした姿は、もし行き合う者がいたとしても、後援者の宴席に招かれた妓女にしか見えないに違いない。

「若水、そう急くな。ゆっくりお行き」

気が焦っているのか、やたらに強く馬の鼻づらを引こうとする若者を、沙蘭は宥めた。どのみち王宮から宰相家まで、そう距離があるわけでもない。不自然に急いで不審を抱かれるよりは、時間をかけて慎重に事を運んだほうがよい。

幸い、誰に見とがめられることもなく、沙蘭と若水は宰相家に到着した。門をくぐった沙蘭は、素早く被衣を払い、家屋の中に駆け込む。半年ぶりの生家を、懐かしく眺めまわす暇もない。

「父上は？」

「こちらです」

すべるような足取りで廊下を駆け、以前から宰相家当主の居室として使われていた房の、両開きの扉の前に立つ。

すると計ったように扉が開いた。扉の陰に、顔の半面を灯火に照らして立っていたのは、度々後宮を訪れていた、あの歌妓だ。

その化粧気のない、昼間とは別人のような鋭い表情に、沙蘭はこの女性が諜報活動に関して素人ではないと感じ取った。間違いない。彼らは単なる潜入要員ではなく、専門の訓練を受けて養成された本物の間者なのだ――。

その白刃のように研がれた気配に、我知らず息が止まる。その時、房の奥に置かれた寝台から、うめきのような声が上がった。

「ひゃ……ひゃら……ん」

それは父が息子の名を呼ぶ声だった。卒中で倒れた父は、意識は取り戻したものの、うまく口が回らないようだった。

それでも動く右手を、衾褥の中から懸命に差し出している。沙蘭は駆け寄り、その手を握りしめた。

「父上――沙蘭でございます」

「お、お、お……」

か細い灯火の下でも土気色だとわかる父の顔に、涙が光った。その表情は、純粋に息子との再会を喜ぶものだ。侵略者の男妾になどなって——と詰られるだろう、と内心怯えていた沙蘭は、何よりもそのことにまず安堵する。

「……ご安心なさって、沙蘭さま」

歌妓を装う間者の女が、妖しい囁きを沙蘭の耳に吹き込んで来る。

「華の国から来た医師が、つきっきりで治療にあたっております。お薬湯もよく効いて、このごろはご自分でお食事も——」

女の声に房内を見回すと、他にも数人の人影が父の寝台の周辺に控えていた。どれもこれも、沙蘭の記憶にはない顔だ。そして不自然なほどに、華人風の黒髪黒瞳の者ばかりだった。

——ああ、やはり……。

父は……というより宰相家は、華帝国の策謀に取り込まれていたのだ。でなければ意識は戻ったもののの、身動きも言葉も不自由な父が、火竜王に対する叛逆などという大事を企めるものではない。父はおそらく、この天蘭の元宰相という身分と肩書きを利用され、実際には華帝国がお膳立てた謀略の首謀者に祭り上げられたのだ——。

(させるものか——)

沙蘭は跪き、父の顔を覗き込む。

「父上……父上、お願いでございます。こたびの蜂起、どうか断念して下さいませ」

「う……うう？」

父・江蘭は、息子とはまったく系統の違う胡人風の肉厚の瞼を大きく開いた。

「火竜王の背後には、この沙海一円の経済を握る有力商人たちの支持がございます。今、かの者を倒せば、彼らの商業活動は頓挫《とんざ》し、この沙海は北路も南路も大混乱に陥りましょう。そうなれば被害を受けるのは無辜《むこ》の民たち……。この叛乱は、誰のためにもなりませぬ」

「……」

父の茶色い目が、じっと沙蘭を凝視する。国の仇に絆されたかと、激怒されることを覚悟していたが、意外にも江蘭は、その目に深く沈鬱な光を宿し、穏やかなままだった。

「父上……、どうか……」

「それはなりませぬ、沙蘭さま」

応えたのは、女だった。

「計画は八分通り進み、帝国の兵馬もすでに沙海への侵入を待つばかりにひしめいております。あなたさまにもお父上にも、もはや引く道などないのでございますよ――？」

沙蘭は、斜め後ろに灯火を持って立つ女を見上げる。

「あなたたちの思惑は知れている。どうせこの天蘭や我が父を、自分たちの都合のよいように利用する気なのだろう？　そんなものに、我が天蘭宰相家が乗るとでも――？」

「まあ……」

女は形ばかり絶句して見せる。

「まさか沙蘭さまがそのようなことをおっしゃられようとは――。ずいぶん色々と、火竜王に吹き込まれておいでのようですわね……寝物語に」

「――っ」

父の前で、征服者の寵愛を受ける身であることを仄《ほの》めかされて、沙蘭は瞬間、言葉に詰まる。以前の沙蘭ならば、ここで言い負かされていただろう。だが今は違う。あの男に鍛えられて、少しはしたたかさを身につけているのだ――。

「何とでも言うがいい。わたしがこの身をあの男に売ったのは、父母や一族の者たちの安寧のためだ。それを名誉ある献身と思いこそすれ、恥とは思わぬ」

沙蘭は父の寝台の傍らに、すっと背筋を伸ばして立った。

「――わたしは自分が、この天蘭の支配者の血を受けた身であることを、忘れたことはない」

う……と小さく呻きが聞こえたのは、父の江蘭だろう。

「天蘭があの男に征服されたことに、何ら物思いがないわけではないし、王国を再興する機があるのならば、それを活かさぬつもりもない。だがそれは、我らが自ら望み、自らの手で成すべき事だ」

沙蘭は妓女と、その他の男たちを見据えた。

「我らの国を、自らの利害でしか計らぬ大国の非情になど、どうしてうかうかと乗せられようか。我も父も、そのようなものに賭ける命は持たぬ。早々に我が家より立ち去るがよい――！」

シ……ンと、霜が降りたように音が消える。

「ほ……ほ、ほほほほ……！」

不意に、凍りつくような沈黙を、女の哄笑が破った。

「何を——」

その甲高い笑い声に、沙漠の夜営者を襲うという魔性の精霊《ジン》を連想して、沙蘭は背に悪寒が走るのを感じた。

「本当に——あなたさまはどこまでも名門の御曹司でいらっしゃいますわね、沙蘭さま」

「……どういう意味だ」

「何よりもまず誇りが大切で、それ以外のことをまったく顧みようとなさらない——という意味でございますわよ」

闇の中で、女の手が持つ灯火がふわりと浮くように動く。妓女になりきれるほどの女の美声が、気が付けば沙蘭の真横に迫っていた。

「あなたさまはご自分の命や情愛を、国や民のための犠牲に供するのが当然の義務だと思っていらっしゃる。それはとても気高いことなれど、同時にとても冷たいことでございますよ。この若水も、お父上さまも、あの火竜王も——あなたさまを心から愛しみ、できうるならば自分の手元で守ってやりたいと望んでおられるものを、あなたさまはそのような人の心など、欠片も斟酌《しんしゃく》なさらない」

べったりと紅を塗り込めた唇が動く。

「あなたさまには人らしい心がおありにならない。自身を慈しむ心——愛や情がない。ご自身を牢獄に閉じ込めるがごとく、本当は痛くて苦しくてたまらないことでも、胸の奥底に封じ込めて、なかったこと、感じなかったことにされてしまう。そして、そんなあなたさまに代わって、周りの人々が心に痛い思いをする――」

「何が言いたいのだ？」

刹那、女の手首が翻《ひるがえ》った。次の瞬間には、その白魚の指が握る短い白刃が、沙蘭の首筋に押し当てられている。

「沙蘭さま！」

腰を浮かそうとした若水を、別の男が押しとどめる。それを横目に見つつ、女の唇が「ほら」と告げた。

「――あなたさまを動かすには、苦痛や悲嘆を味わわせる手は有効でないということでございます。このまま、あなたさまの首を斬り裂くと脅迫しても、身近な方々を殺すと言っても、あなたさまは諾《だく》とは申されますまい……」

女の刃が、すっ……と引いてゆく。沙蘭がその意図を計りかねていると、女は芝居がかった仕草でばさりと袖を振った。

その手に、何か柔らかいものを顔面に叩きつけられ、思わず手に取って、沙蘭は目を瞠る。

それはひと房の髪だった。色合いはやや茶色く、ひと筋ひと筋が、蚕《かいこ》が吐いたばかりの絹糸のように細い。

――子供の、髪だ……。

「陛下……！」

当年、わずか八歳の幼児である天蘭王は、火竜の手によってどこかへ追放されたと沙蘭は聞いていた。それを、この華帝国の手の者たちは奪還――いや、強奪したのだろうか……。

「いいえ沙蘭さま。幼君はいまだ火竜王の手の内で養われてございます。ゆえにかの王は、我らの企《くわだ》てにもいまだ気づいておりませぬ」

女がしたたかな足取りで沙蘭の周囲を歩き回りながら言う。

「なれど、その身の回りのお世話をなす者のなかに、我らの手の者を潜り込ませております。この御《お》髪《ぐし》は、その者が切って寄越したもの……幼君のお命は我らが意思次第にございます」

つまりこの髪を切り落とした刃は、いつでも幼児の首を斬り落とすそれに変わると、女は脅迫しているのだ。あるいは、食事に毒でも混ぜれば、いつでも病に見せかけて死なせることもできると――。

「いかがでございますか？　天蘭宰相家は、天蘭王に仕え、補佐し、時にはお守りするのが義務。まして無力な幼児となれば、あなたさまにとっては無条件に守らねばならぬ存在のはず――」

「うっ、う、うう……！」

寝台の江蘭が、抗議するような声をあげる。おそらく父は、今この瞬間まで、華帝国が完全に自分たちの味方だと信じていたのだろう。よもや幼君を人質に取られようとは、思ってもみなかったに違いない――。

「沙蘭さま」

女が、茫然とたたずむ沙蘭の肩を抱くようにして、耳元に唇を寄せてくる。

「……乱を起こして、民の営みをいたずらに混乱させたくない、と仰せなれば……あなたさまがその手で、火竜王をお討ちあそばせ」

「――！」

沙蘭は、顔のすぐ横に迫る女の顔を凝視した。艶然とした笑みが張り付いたように顔を飾っている。

「それが最もよき方法にござりまする。王宮にて火竜王が暗殺されると同時に蜂起いたさば、天蘭はたちどころに我らのもの――」

ぞっとするほど冷たい、しなやかで細い指が、沙蘭の手を握ってくる。そして、その手に、ひと振りの短剣を握らせた。

湾曲した胡の国風のものではない、螺鈿細工《らでんざいく》の鞘に収まる、華国風の直刃《すぐば》だ。

「……火竜王の、もっとも無防備な姿をご存じのあなたさまなれば、事は容易くございましょう？」

女の唇が、沙蘭の耳朶に口紅をなすりつけんばかりの距離で囁き、その指が、耳朶の耳飾りをからかうように摘まんだ。

「それとも――情けを頂戴している殿方を殺めるのは、やはりお辛うございますか？」

「……ッ」

沙蘭は、否とも応ともとっさに答えられなかった。女の言葉は図星だったが、それを自ら認めることはできず、だがすでに沙蘭の心を見透かしているこの女に、あからさまな嘘をつくこともできなかったからだ。

「では……」

にぃ……と、女が笑う。

「少々、手間はかかりまするが――わたくしが火竜王のご寵愛を頂き、閨で仕留めることにいたしましょう」

「——！」

沙蘭の瞠目した顔を、女が可笑しげに見つめ返す。

「女芸人や歌妓が権力者の閨に召されるのは、ままあること。火竜王も、以前は人並みに夜伽を命じておられた由……。折よく、今は沙蘭さまとの間に少々隙間風がおありになりまするゆえ、わたくしが寝所にあがるのは容易かと存じまする」

沙蘭の耳の中で、女の声がこだまのように大きく響く。

——火竜王も、以前は人並みに夜伽を命じておられた由……。

——わたくしが火竜王のご寵愛を頂き、閨で……。

——抱かれる、と……？

この女が火竜に抱かれるというのか……？

沙蘭は衝撃を受けた。今まで、火竜が自分以外の誰かを抱くなどと、想像もしなかった。だが考えてみれば、火竜は今や大国の王なのだ。その後宮にいるのが男である沙蘭ひとりだけ、という事態の方が、よほど異常なのである。それにこれほど見目よい歌妓に言い寄られれば、火竜も悪い気はしないだろう。沙蘭に傷つけられた心を癒《いや》したさに、ついうかうかと閨に引き入れてしまうかもしれない。

そして、男女のことを尽くしたのちに、この女は奪うのだ。

火竜の、命を——。

沙蘭の胸が、ぎしりと軋る。

（嫌だ）

他のことは何も考えられない。ただただ、それだけを思う。

（あの男を奪われるのは、嫌だ——！）

「沙蘭さま」

女の手が、ふたたび、沙蘭の短剣を握った手を上から覆った。

「このお役目——あなたさまに、お引き受けいただけましょうや？」

沙蘭は操り人形のような仕草で、こくりと頷いた。


ガシャーン、と食器が覆る。給仕をしていた竹林と梅林が、瓜二つの顔で同時に振り向いた。

「あ……」

沙蘭は茫然と、両手を空に浮かせている。その胸元から腿にかけて、煮込み料理の汁がべったりとかかっていた。

「沙蘭さま！」

「沙蘭さま、ああ、これは大変——」

兄弟はたちまち、沙蘭の衣服を脱がせてしまう。料理の汁は熱く、火傷の危険があったからだ。

「す、すぐにお冷やしせねば——。手水《ちょうず》をお持ちいたしまする！」

「いや、いっそこのまま湯殿へ。手水程度の水では間に合わぬわ——！」

兄弟にとって、日々磨き上げた沙蘭の肌は精魂込めた力作なのだ。皮膚が焼けただれたりしては一大事とばかり、さっさと剝き上げた沙蘭の体を、押し込むようにして浴室に連れてゆく。

沙蘭はそこで、清水を張った浴槽に浸けられた。「つめたい……」と悲鳴を上げかけ、「ご辛抱下され」と肩を押さえつけられる。

「そのまましばし、浸かっていて下されませ。わたくしどもはお着替えとお手当てと、薬湯の準備をいたしまする」

「よい、と申し上げるまで、上がってはなりませぬぞ！」

ばたん、と浴室の扉が閉ざされる。そしてぱたぱたと遠ざかってゆく、軽い足音。

沙蘭が火傷をした、という報告は、当然ながら火竜にもたらされるだろう。そうすれば、あの男のことだ。押っ取り刀で駆けつけてくるに違いない……。

——目論見《もくろみ》通りだ……。

本来ならばほくそ笑むべきであろう場面で、沙蘭はふと、虚しさに捕らわれた。

——わたしは何と、愚かなことをしようとしているのだろう……。

この手で火竜を屠《ほふ》る。そのための凶器も、すでにこの浴室に隠してある。

ここに男を誘い込むことにしたのは、夜のお召しで寝所に呼ばれる際には、針一本持ち込めぬよう、裸に剝かれて確かめられるからだ。最低限の護身術程度の心得しかない沙蘭が、人ひとり仕留めるには、やはりそれなりに威力のある武器が必要だった。

——火竜王はわたしがこの手で仕留めます。その混乱に乗じて、蜂起を……。

そう伝えると、父・江蘭は息子が国の再興のために我が身を捨てる覚悟だと思ったのだろう。

——そなたの決意は無駄にせぬ……。

短いが、紅涙滴《したた》るような言葉と共に、沙蘭を見送ったのだ。

(父上……申し訳ございませぬ)

浴槽の水面を波立てながら、沙蘭は瞑目《めいもく》して詫《わ》びる。

あなたの息子は、あなたが期待するような立派な救国の士ではないのだ——、と。

沙蘭がこの役目を引き受けたのは、国や主君を思ったからではない。火竜が憎いわけでもない。

ただひたすら、火竜を、あの女の手にかけさせたくなかっただけだ。

『——わたくしが火竜王のご寵愛を頂き、閨で……』

そんなことはさせない。あの男は、誰の手にも渡したくない。

それくらいならば、いっそこの手で——。

そしてわたしも、同時に、その場で、この命を——。

悲壮に思い詰める自分を、沙蘭はふっ……と嘲笑《あざわら》った。これから自分が起こそうとしていることが、絵に描いたような痴情による刃傷沙汰《にんじょうざた》だと気づいたからだ。

(よもやこのわたしが——天蘭宰相家の沙蘭が、こんな死に方をすることになるとはな……)

人の世は奇妙なものだ。どこでどう、糸がもつれるかわからない——と考えた時。

ばたばたと、幾分慌てたような足音が響き、いきなり浴室の扉が押し開かれた。

「沙蘭……!」

急き込むような声。

「火傷をしたというのは本当か！　大丈夫なのか！」

ぱしゃん、と水音を立てて、沙蘭は振り返った。その腕を掴み、火竜は水の中から引き揚げた愛妾の体を、上から下まで凝視する。

「大事ありません」

沙蘭は静かに応えた。

「一瞬、熱い思いをしただけです。ご心配なく」

「そうか――」

ほっ……と息をつく音。

「よかった……」

「お気に入りの体に、傷がつかなくて――ですか？」

「馬鹿！」

沙蘭の軽い皮肉に、火竜は本気で眉を吊り上げた。

「お前の体が無事で――に、決まっているだろう！」

「……ッ」

男の双眸に鋭く見据えられて、沙蘭はびくりと硬直する。

そのまま、シーン……と沈黙が降りた。

こんな風にこの男と向かい合うのは、久しぶりだ。馬房での諍いごと以来、やはりこの男なりに気まずいものがあったのか、沙蘭は闇に召されることもなかった。おそらく、和解できる頃合いを見計っていたのだろう。

——俺を愛してはくれないのか……！

刹那、あの瞬間の衝動が蘇る。

見つめ合う青い瞳と黒い瞳の間に、言葉にならぬ想いが交錯したかに思えた瞬間。

「ン——！」

沙蘭は引き寄せられるまま、衝動的に、唇を奪われた。

絡みついてくる男の舌を、受け入れる。

自ら、夢中で吸う——。

じゃぶり、と大きな水音がしたのは、沙蘭の体が、水の中から引き揚げられたからだ。

タイルを張った洗い場に降ろされ、すぐに男が覆いかぶさってくる。

「沙蘭……」

明らかに情事に誘う声音を、「いや……」と拒む声も、すでに情欲に濡れている。

「ここの床は、冷たい——」

「すぐに熱くしてやる」

卑猥な囁きに、カッ——と顔が赤らむ。

「で、でも……竹林と梅林が来る……」

「扉の鍵を閉ざせばいい」

ちゅ……と首筋を吸われる。

「沙蘭……俺を受け入れてくれ……」

傲慢な征服王が、恋に怯える気弱な男のように、沙蘭に乞う。

「あ……」

そのまま肌を啄まれ、沙蘭は身を捩った。震えながら、「扉を……鍵を……」と懇願する。

それを了承だと受け取ったのだろう。

火竜は軽い接吻をひとつ残すと、沙蘭の体から離れた。そして扉の鍵を下ろし、くるりと振り向くと、その場で衣服を脱ぎ始める。

沙蘭は男の征服欲に満ちた顔を見ていられず、目を逸らし、背を向けた。

その背に、ひたひたと男の足音が近づく。

「沙蘭――」

小さく縮めた肩を、男の手が抱いた。

その、瞬間――。

沙蘭の手が、用具入れの下から短剣を引きずり出し、その白刃を閃かせる。

ずぶり……と肉を突く感触。

「ぐ……！」

押し殺した、男の声。

沙蘭は夢中で閉じていた目を開く。

裸体の男がよろよろと後ずさり、脇腹に近い場所を両手で押さえていた。その指の間から、血があふれ出ている。

「沙蘭――」

青い瞳が、昏い瞳孔を広げて、沙蘭を見た。

その手にある短刀を――。

「お前……？　だ、誰にそれを――？」

苦痛を堪えながらも、火竜は素早く頭を回転させている顔つきだった。そして、はっ――と心づいた様子で目を瞠る。

「そうか……華国の連中が、黒幕か――」

いつもながら、驚異的な勘のよさだ。華国風の短剣から、自分が後宮に招き入れた華人の一座がつなぎ役になったのだと、察したのだろうか。あるいは華国の不穏な動きについて、あらかじめ何が情報を握っていたのか。

「か、火竜……」

短剣を体の前で構え、座ったままがたがたと震える沙蘭を、男の目が見ている。

蒼穹の目が――。

「沙蘭……立て」

火竜が、ふふっと苦笑しながら促す。

「俺を殺したいなら、そんな姿勢では駄目だ。きちんと柄を両手で握って、力を分散させないように、まっすぐに突かなくては――」

「火竜……？」

「それに、こんな場所を刺しただけでは、人は死なないぞ……」

まるで沙蘭が、何か滑稽なことをしでかしたかのように、くつくつと笑っている。

「刺す場所は、ここだ。それか、ここ――」

左胸の上、そして首筋を示す。

「心臓は意外に致命傷を与えにくい……肋骨や胸筋で厚く守られているからな……その点、首筋は皮一枚下に頸動脈《けいどうみゃく》があるから、存外脆《もろ》い。お前の細腕でも容易いだろう。できれば首にしてくれ――」

「か、火竜……いったい……？」

戸惑う沙蘭の顔を、男は苦痛の汗に濡れながら、愉快そうに見返してくる。

「俺の命が欲しいんだろう――？」

喜びに満ちた笑み。

「お前が初めて、俺を欲しいと――俺から何かを奪いたいと思ってくれた……」

床に流れてゆく、血――。

「どうして、差し出さずにいられる……？　愛しいお前に」

「火竜――」

「沙蘭」

風にそよぐ絹のような声が、囁く。

「好きだ……」

その声に重なって――。

「ご主君！　ご主君そこにいるか！」

ドンドンドン、と扉を叩く音。そして天風の声。

「謀反だ！　市街のあちこちで潜伏していた敵兵が小競り合いを起こしている！　天蘭の旧臣団が華国の奴らを引き入れて――！」

ドンドンドン、と叩く音は、やがて扉を打ち破らんばかりになる。

――できない。

沙蘭は首を振った。自分には、この男を殺すことなどできない。傷つけることなどできない。

こんなにも、一心に愛してくれる男を。

苦しめ、裏切られた失意の中で逝かせるなど――。

できるはずがない――！


カチーン、と音を立てて、タイル床に短剣が落ちるのと、浴室の扉が破られ、天風が飛び込んでくるのとが、同時だった。

「ご主君！　市街が――」

叫びかけて、立ち竦む。

床に落ちた短剣、傷口を押さえて苦しむ火竜。そして沙蘭――。

「宰相家の……あんた……」

「――っ」

「ッ、よ、よくもォッ！」

怒りの形相の天風が、腰間の剣に手を掛ける。沙蘭はとっさに目を閉じた。この男ならば、一閃《いっせん》で沙蘭の首を落とすことなど、造作もないに違いない――。

だが――。

「……待て……天風…………」

苦痛に喘ぎ、掠れる声。

裸体を血塗らせた男が、必死で、天風の衣服を摑んでいる――。

「火竜！」

「ご主君――」

「これは事故だ……」

火竜が絞り出すような声で叫ぶ。

「沙蘭は俺を害してなどいない……！　いいな天風、沙蘭は、何もしていないんだ……！」

「あんた――」

天風が息を呑んだ瞬間、火竜の体がぐらりと傾ぐ。忠実な腹心は、剣から手を離すや否や駆け寄り、斃《たお》れかかるその体を支えた。

「おい、宰相家の！」

怒鳴りつける声。

「敷布でも何でもいい、なるべく清潔な布を山ほど持って来い！」

「……ッ」

「今の言葉を聞いただろう！　この人は――ご主君はな、大国の王でありながら、あんたを国よりも自分の命よりも大事に思っているんだ！　庇われて、許されて――この上まだ、ご主君の想いを足蹴にするつもりか！　あんたには……あんたには、人の血は流れていないのか！」

突き刺すような糾弾だった。沙蘭は脳裏が真っ白になり、夢中で、天風の指示のままに動いていた。

一糸まとわぬ姿で――。

「沙蘭、沙蘭……」

そんな愛妾を見て、火竜が応急手当てを受けながら、弱々しく苦笑する。

「せめて下着と、一枚羽織るものくらい身につけろ……。俺以外の男の目に、そんな艶姿《あですがた》を大盤振る舞いしないでくれ……」

「こんな時に何を言っている！」

木綿布を歯で噛んで裂きながら、天風が主君を怒鳴りつける。

「あんたが化け物みたいに痛みに強いのは知ってるが、この傷は浅手じゃないぞ――！」

「わかってる……医者は、なるべく縫合の上手いのを呼んでくれ……内密にだぞ」

主君の命令を聞いて、天風はちっ、と舌打ちする。

「あの薄気味悪い双子でどうだ？　……どうせ外には漏らしたくない、とか言い出すんだろう、あんたは」

「ああ」

火竜はにやりと笑った。天風が不満ながらも隠匿《いんとく》に同意したことに、安堵したらしい。

やがて細身の割に腕力のある天風の手で、火竜は寝台に運ばれた。即座に呼び出された竹林と梅林は、負傷している火竜と、全裸のまま茫然としている沙蘭の姿に驚いたものの、さすがに宮廷の秘事に慣れている者らしく、何も言わずに手当ての準備をし始める。

「沙蘭……」

寝台から、火竜が呼ぶ。

ふらり……と寝台に近づく沙蘭は、まだ全裸だった。その姿を見た天風が、目を逸らしつつも、体に自分の胴着を着せかけてくる。

「沙蘭……手を……」

「火……竜……」

「頼む——手を握っていてくれ……」

縫合が必要な傷を負っている割には、火竜は気丈だったが、さすがに出血のせいか、顔色がひどく悪い。常に薄ら笑いを浮かべている唇も、ほとんど紫色だ。

「傷口を消毒いたします」

竹林が言うなり、ぱっくり裂けた脇腹にざぶりと酒を掛ける。火竜は「ぐわっ」と呻き、沙蘭に伸べた手で空を掻いた。

沙蘭はその手を、両手で握りしめる。男の握力は強く、爪が皮膚に食い込んできた。

「……ッ」

沙蘭は苦鳴を嚙み殺す。

自分が傷つけた男が与える苦痛を、堪えないわけにはいかなかった。むしろその痛みは、火竜が自分に、苦痛を分け持たせてくれているかのようだ。きつければきついほど、沙蘭の気を楽にしてくれる……。

「沙蘭……何か話を」

「……話？」

「何でもいい……何か話して……俺の気を逸らせてくれ……」

梅林が、針をランプの火で炙っている。それを横目に見て慄きつつ、沙蘭は口を開いた。

「……なぜ、ですか」

沙蘭は問う。

「なぜわたしをお許しになるのですか。わたしはあなたを裏切った――。あなたを、殺そうとした。そんなわたしを、どうして……」

「どうして……？」

火竜は脂汗に塗れた顔に苦笑を浮かべる。そんなことが、まだわからないのか、と言いたげに――。

「惚れているからに決まっているだろう――」

その時、梅林が最初のひと針を入れて貫き、ひと呼吸置いてから、傷の反対側から血にまみれた針と糸を引きずり出した。

火竜が、低い呻きを上げる。沙蘭の手を握る手が、ぶるぶると震えた。

「沙蘭、俺は悪運強く、大国の主になりおおせたが――」

ふた針目。

「広大な領土――莫大な資産――強大な兵力――。どれもこれも……俺を幸せにはしてくれなかった……」

三針目――。

「それどころか、王の地位など、俺の人間としての心を削ってゆくようなことばかりで――疲れて、荒《すさ》んで……沙漠のように、カラカラで……」

「火竜……」

「そんな俺にとって、お前はこの天蘭そのものだった、沙蘭――。美しく、気高く、清らかな水にあふれ、たわわに実る葡萄のように甘美で――」

沙蘭は不意に思い出した。あの天蘭市街に連れ出された日、ふたりきりの葡萄棚の木陰で、安らいで眠っていた火竜を。

「沙蘭――お前が欲しかった」

「もう少しですぞ……！」

竹林が励ましの声を発する。

「お前に愛される幸せが、心から欲しかった――！」

沙蘭の手に食い込む爪から、血が滲む。

それほどの苦痛を、火竜は堪えている。

「俺は卑怯者だ、沙蘭……。こうして、お前を許し、罪悪感に訴えれば、少しはお前の心が手に入るかと……」

「――火竜……」

「少しは……お前に愛してもらえるかと……。まるで物乞いのように――！」

最後のひと針が抜き出され、糸が結ばれた。竹林が兄弟の手元に鋏《はさみ》を入れ、ちょきん、と音を立ててその糸を切断する。

「済んだか――？」

火竜が首を持ち上げる。梅林が血まみれの両手を手水で清めつつ、「はい」と頷く。

「では、厚く布を当てて、体を巻き絞めてくれ――」

沙蘭の手から、男の手が離れる。体を起こそうとする火竜を、沙蘭は慌てて制止した。

「何をするつもりですか火竜！　まさか――」

「出陣する。叛乱を鎮めなくては――」

「無理だ」

冷静な声で告げたのは、これまでずっと無言で仁王《におう》立ちしていた天風だ。

「その深手で出陣だと？　命を捨てに行くようなものだぞ」

「大丈夫だ、悪運だけは強いからな」

火竜は腹心の渋面に、フフッと笑って見せる。

「連中の計画は、俺が宮中で暗殺されることを前提にしているのだろう？　だったら、俺が健在な姿を見せれば、彼奴らの戦意を挫《くじ》くことができるはずだ」

「――わかった」

これは駄目だ、と見切りをつければ、天風は決断が早い。沙蘭のほうが、おろおろと未練がましく「そんな……！」と止めようとしたほどだ。

「無駄だ、宰相家の。ご主君はこういうことは言い出したら聞かない」

「で、で、でも――！」

「表向きに、甲冑の用意と伝えろ。ここで俺が着つける」

天風が主君に代わって、梅林に命じる。兄弟が宮殿の表へ走って行く間、竹林は無言で、寝台の端に座った火竜の胴に、木綿布をぐるぐると巻きつけていた。

沙蘭が茫然と見守る間に、甲冑が届き、火竜が立ち上がる。天風はむっつりと無表情のまま、主君の体にそれを着つけていった。

「天風」

腰間に剣を帯びつつ、火竜が告げる。

「お前はここで、沙蘭を頼む」

「――ああ？」

「俺がいない間に、馬鹿なことをしないように、見張っていてくれ」

その命令に、天風はちっと舌を打つ。

どこまで甘いのだ、この男は——と言いたげに。

「沙蘭」

手甲《てっこう》をつけた男の手が、頬に触れてきた。

「——すまない。成り行きによっては、お前の一族を討たないわけにはいかないかもしれない」

「……っ」

「許せよ」

言い残して、肩を翻す。

甲冑の上に着つけた外套《マント》がはためくほどに、その足取りは確かなものだった。だが沙蘭には、男がどれほどの苦痛を堪えているかが、我が身のようにわかる——。

「か、火竜……」

回廊を、ひとり遠ざかって行く背中。

生きた最後を目にするのは、これが最後かもしれない、男の——。

「火竜——！」

違う、と沙蘭は胸の中で叫んだ。

違う違う違う。こんな結末は違う。あなたは天に愛された男。この世の人々に幸福をもたらすために遣わされた英雄だ。わたしのような愚か者の愚かな思惑で、命を奪われてよい人ではない。こんな痴情沙汰の挙句に、死ぬべき人ではない――！

駆け出そうとした沙蘭を、天凧が引き留めた。摑まれた肩に、長い指が食い込む。

「よせ。この後に及んで、一族の命乞いでもするつもりか？」

「――ッ……」

へたん、とその場に崩れ落ちた沙蘭を、天凧はいかにも軽蔑した、怒りを込めた目で見下ろしてくる。

「忘れるなよ、宰相家の」

かちゃん、と剣が鳴る。

「叛乱を起こされるのも、覇王の宿命だ。これでご主君が命を落としても、それが運命だったと諦めるが――」

シャリン、という金属音は、天凧が刀身を鞘走《さやばし》らせた音だ。ぎらりと光る白刃が、沙蘭の眼前にかざされる。

「もし、あの方が死んだら、俺はあんたを許さない。必ずこの手で、その首を落としてやる」

「……」

その宣告に、沙蘭は怯えも泣きもせず、ただこくりと頷いた。

――その夕刻。

夜の帳が降り始め、宮殿に火が灯される頃。

沙蘭の房の扉が開き、しばらく席を外していた天風が入室してきた。無言のまま、どかりと対面の椅子に座り、ひと言告げる。

「……天蘭王の身辺にいたネズミは排除した」

沙蘭はハッと息を呑む。

「では……王は……」

「無事だ」

安堵に、全身の力が、すぅっ……と抜ける。そんな沙蘭を、天風は静かな目で見つめた。

「まだガキの主君の身を質に取られて、うちの主君を殺《あや》めようとしたとはな——」

「……」

「せめてひと言、俺に相談してくれていたら……」

ふう、とつかれるため息が痛い。

出陣していった火竜は、まだ帰陣しない。時折、城下からわあっと鬨の声らしきものが聞こえてくるが、情勢は不明だ。

——もし、火竜の身に何かあったら……。

兵力差は圧倒的なはずだが、火竜はあの傷だ。思わぬ不覚を取らぬとも限らない。

いや、それ以前に、今この時も、火竜はあの傷の痛みを堪えて戦っているはずなのだ。それを思うと、沙蘭は重い呵責に、胸が潰れそうになる。

（ごめんなさい――）

沙蘭は、心の中で、頑是ない幼児のように泣いて謝った。

（ごめんなさい、ごめんなさい……！）

もしもあなたが死んだら、わたしも生きてはいられない。大人しくこの天風の刃に身を差し出そう
――と思い詰めた時。

「沙蘭さま、沙蘭さまっ！」

竹・梅兄弟が、互いにもつれ合うように、沙蘭の房に駆け込んでくる。

沙蘭は椅子から腰を浮かし、天風は腕組みのまま、首をひねって兄弟を見る。

「ご帰還です。火竜王のご帰還にござりまする！」

一瞬、沙蘭は天風と目を合わせた。次の瞬間には、ふたりして房を駆け出す。

回廊を走り、後宮を出て、宮殿を守護する城門へ――。

「火竜！」

人馬のざわめきと、松明の燃える音が満ちる広場に、火竜の愛馬紅玉が、凜々しい主君を乗せて、だく足で駆け込んで来る。ちょうどその瞬間に、沙蘭は宮殿から駆け出てきた。

「沙蘭！」

火竜は愛馬から、ひらりと降り立つ。

そして冑《かぶと》を投げ捨てつつ、愛妾に駆け寄り、両腕を伸べて抱きしめた。

「沙蘭――すまない」

男の体の重みが、沙蘭の全身にかかってくる。

「お前の父が……死んだ」

「……！」

「もはやこれまでと、毒をあおったようだ。傍で色々と入れ知恵をしていた華帝国の連中は逃げたが
――」

倒れて以来半身不随《ふずい》で、逃げようのない江蘭は、自ら命を絶ったのだという。いかにも、生まれながらの貴族である父らしい最期《さいご》だった。

「……華の国の兵は……？」

「事破れたと見て、あっさり引き上げた。あの様子では、もともとそれほど成功の期待はしていなかったのかもしれん。お前の父は――奴らの捨て駒にされたんだ……」

火竜の腕が、沙蘭の肩にぎゅっと喰い込んでくる。

「畜生――……！」

無念の呻き――。

「どうしてなんだ……どうして俺たちは、沙海の民は、いつもいつも大国の思惑に振り回されなければならないんだ……！　お前の母、俺自身、まだ幼かった杏樹、そしてお前の父……！」

「火竜――」

「どうして、俺はいつも力が足りない……！　守ってやりたい者を、どうして、いつも守りきってやれないんだ……！　どうして、どうして……どう……」

ずるり、と男の姿勢が崩れる。

「ご主君！」

天凧が駆け寄り、その甲冑をまとった体を支えた。だが支えきれず、火竜は両膝を突く。

そしてどさりと、体を投げ出すように倒れた。

松明の灯りに見た、火竜の顔色の悪さ——。

その瞬間、何かが沙蘭の脳裏で、ぷつりと切れる。

「火竜……！」

沙蘭は叫ぶ。

愛しい男の名を——。

「火竜、火竜……ッ！　火竜——————ッ！」

ごぅ……と、松明の火が夜空を焦がした。

沙蘭は果物の汁を絞ったものを口に含み、横たわる火竜の唇を覆った。

「ん……」

どうにかうまく火竜の喉が動き、ごくり、と果汁を呑み込む。

傍で見守る天風は、無言で仁王立ちしたままだが、その顔にはありありと「目のやり場に困る」と書いてあった。だが沙蘭には人目を恥じる余裕などなかった。火竜はあれきり、ぴたりと目を閉じたまま、人形のように微動だにせず、眠り続けているからだ。もう今日で三日三晩だ。いや、日も暮れたから、すでに四度目の晩になろうとしている——。

「縫合した傷はうまく膿まずに済んでございますし、お熱も高うはございませぬ。呼吸も、脈もしっかりしてございますゆえ、沙蘭さま、そう心配なさらずとも大丈夫でございますよ」

「左様でございます。おそらく今まで積もり積もった心身のご疲労が一度に出ただけでございましょう。沙蘭さまのほうこそあまり根《こん》を詰めておしまいにならぬよう、お気をつけられねば——」

医術の心得《こころえ》のある竹林と梅林が交互に説得し、休息を取れと勧めるのに、沙蘭は聞こうとしない。ついには天風が「好きにさせてやれ」と竹・梅兄弟を退けたほどだ。

「その男は自分がどんなに馬鹿なことをしたかやっと理解して、それを償おうと必死なんだ。気が済むようにさせてやれ」

「……」

竹・梅兄弟は互いに瓜二つの顔を見合わせ、同時に一礼して房《へや》を去って行った。その扉の閉じる音も、沙蘭の耳には届かない。

ぼうっ……と、灯火が音を立て、寝台を包む紗の帳が揺らぐ。

「火竜……っ」

眠り続ける男の胸に、顔を伏せて泣く。

「火竜、火竜……っ」

ごめんなさい、と無力に心の中で繰り返す。到底償いきれない罪を犯してしまい、戸惑う子供のように。

――ごめんなさい。わたしは自分の心の中しか見ていなかった。自分の誇りを失うのが嫌で、あなたを愛してしまうのを怖れていた。自分の心を与えるのが嫌で、あなたを愛することを惜しんでいた。自分はこんなにも、命懸けで愛されていたのに……！

「わたしは卑劣だった。あなたの想いを知っていながら、自分はあなたを想っていることを……あなたのことが何よりも、父母よりも国よりも大切になっていることを、認められなかった。自分の誇りが傷つくのが怖くて、あなたを傷つけた。自分のことしか、考えていなかった――」

国の政を担う高位貴族の子として、誇り高く生きることしか教えられずに育ったから、火竜の存在を、命よりも大切な誇りを強奪してゆく盗賊のようにしか思っていなかった。本当は何もかもを滅茶苦茶にされて、地位も名誉も、心も誇りも奪われてゆくのが、嫌ではなかった。何もかも奪われた裸の姿で、体の中に潜む生々しい淫らさを暴かれるのも、嫌ではなかった。この男の前では、衣一枚まとわないただの人でいなければならなかった。そのことが、心を傷つけると同時に、がんじがらめの桎梏《しっこく》から解放してもいたのに――。

「火竜……目を開けて……」

沙蘭は眠る男の顔を覗き込み、食い入るように見つめ、撫でては呼びかける。男の頬に雨粒のようなものが落ちたのを訝しみ、次の瞬間、それが自分の涙だと気づいた。

沙蘭は慌てて、男の顔を拭った。卑劣で愚かな自分の涙など、男を穢すだけのような気がしたからだ。だが涙は次々にあふれて、滴る。沙蘭が使う手巾など、すぐに追いつかなくなった。

「……っ、火竜……！」

ついに沙蘭の感情が決壊した。眠る男の首にしがみつき、号泣する。

「お願いです、目を――どうか目を開けて火竜！　早く目を開けて、またわたしを抱いて、めちゃくちゃにして……！」

死のような沈黙。やがて――。

その叫びに応えるように、呻き声が上がる。そして、ふぅ……と、息をつく音。

「………お前にしては色っぽい口説き文句だな………沙蘭……」

掠れた声と共に、さらりと黒髪を撫でられ、沙蘭は驚き、男の首元から顔を上げた。

「俺に抱かれて……喘がされるのが、そんなに好きか……？」

「火竜っ！」

消えてなくなりたいほど恥ずかしいことを言われているのに、沙蘭は、そのことに気づきもしなかった。男の首を抱きしめ、号泣し、「おいおい、苦しい」と苦笑いされて、慌てて腕を緩める。だが、離れはしない。

「よかった……よかった、火竜……！」

男の頬に顔を擦り寄せる。男の口元が緩むように笑い、「心配をかけたな」と慰めの言葉を告げる。

「――ようやくお目覚めか、ご主君」

離れたところから寝台を見守っていた天風が、呆れた風で近寄ってくる。

「あんたのことだ、気が済むまで寝ればじきに元気になるだろうと思ってはいたが……」

その口ぶりでは、火竜が戦傷を負って寝込んだのは、これが初めてではないのだろう。驚異的な回復ぶりを見せるのも、いつものことらしい。

天風はそれを知っていたから、何も言わずに見守っていたのだ。狼狽《うろた》える沙蘭に「大丈夫だ」と教えなかったのは、ささやかな意趣《いしゅ》返し、といったところだろうか。

それを察したのだろう。

「俺が寝ている間、沙蘭を苛めなかっただろうな？」

火竜が腹心を睨みつける。

「目覚めるなりそれか」

ふん、と天風が鼻を鳴らす。

「どこまで腑抜《ふぬ》けにされているんだか……そいつは、お前を裏切って殺そうとした男なんだぞ？」

沙蘭を顎で示し、口ではいかにも業腹そうに言う天風も、表情には諦めが浮かんでいる。もうこいつは駄目だ。惚れて惚れて惚れ狂って、手がつけられない、と。

「……罰は受けさせるさ」

だが火竜は、穏やかな顔で意外なことを言った。沙蘭はしがみつきながら、ぴくり、と肩を震わせる。

「だからお前も、腹を治めろ、天風」

「……まあ……そういうことなら……」

天風が、口を尖らせながら身を退いていく。意外さが半分。本当に罰する気などあるのか？　という疑いが半分、という風だ。

「沙蘭――顔を上げろ」

命じられて、沙蘭はようやく、火竜の首から腕を離した。少し距離を取り、見つめ合う。

「……お前をこのまま許してやっても、俺はいいと思っているのだが」

「火竜――」

「それでは却って、お前の気が済まないだろう？」

「はい――」

沙蘭は手巾で顔を拭い、威儀を正した。

「どうかご存分に――。どのような罰も、お受けいたします」

「では、脱げ」

火竜はいきなり言った。沙蘭は大きく目を見開く。

「すべてを脱いで、裸体になれ」

「い、今ここで――ですか？」

さすがに顔を赤くして躊躇する沙蘭に、火竜はたった今まで意識がなかったとは思えない意地の悪さで、「どのような罰もお受けするのだろう?」と、ニタリと笑う。

「素っ裸になって、俺の顔を跨《また》げ」

「……!　……ッ、ッ、な、何を!」

あまりにも卑猥な命令に、思わず飛び退《すさ》りかける沙蘭の腕を、火竜はとっさに摑んで止めた。

「生憎《あいにく》俺はまだ動けないからな。お前からすべてを捧げてくれなければ、交われない」

それで火竜の意図がわかった。沙蘭に、とてつもない痴態を強いようというのだ。自ら快楽を求めさせ、淫らな自分の姿を見て、消えてなくなりたいほどの羞恥を味わわせる。それが火竜の考えた「罰」だったのだ。

「早くしろ、沙蘭。俺は待ちかねている」

その言葉通り、火竜の下半身は衾を持ち上げ始めていた。その呆れるほどたくましく気の早い盛り上がりと、男の顔を交互に見て、沙蘭は舌をもつれさせる。

「あ、あ、あの、でも——。目覚めたばかりなのに——傷だって、まだ塞がっては……」

「寝起きに性欲が高まるのは、男の性《さが》だろう。これも看護だと思って、処理に付き合え」

「で、でしたら他の方法で……」

手や口で——と言葉を濁した沙蘭に、火竜はしらりと告げた。

「俺はお前の中が所望だ」

沙蘭は首から上が発火するかと思った。舌をもつれさせつつ、なおも抵抗を試みる。

「そ、それに、天風さんだって……」

忠実な親衛隊長は、まだ沙蘭に対する警戒を解いていないだろう。そう考えて、さらにろくでもない予感を得、沙蘭は息を呑んだ。

「まさか、天風さんの前で……？」

まさか人目のあるところで痴態をさらせというのか。この暴君のことだ。その程度のことは言い出しかねない――と竦んだ沙蘭の背後で、当の天風が、「いや、俺は遠慮する」と告げた。

どうせそんなことだろうと思った、という呆れと諦観に満ちた、気力のない声だ。すでに踵を返し、扉に手をかけて房から出て行きかけている。

「じゃあな、ご主君。せいぜい苛めて泣かせてやれ」

意地の悪いことを言いつつ、退室しようとする。沙蘭は思わず手を伸ばし、「天風さん！」と引き留めようとしたが、あえなく扉は閉じてしまった。

「天風」

火竜の呼ぶ声に、再び扉が開いて、「何だ」と顔が覗く。

「――すまなかった」

何を謝る言葉だというのか、あまりにも曖昧《あいまい》な火竜の言葉を、だが天風は「ああ」と簡略に返事をして受け入れる。

それで男ふたりの和解は成立したらしい。一時は手討ち騒動にまでなったというのに、あっさりとしたものだ。それほど深い仲の友人を持たない沙蘭には、理解できない世界だった。

――一瞬、嫉妬に似た感情が走るほどに。

間違っても天風には、こんな顔は見せないだろう。

「沙蘭」

男の指が、顎下をくすぐってくる。

「さあ、早く――」

火竜の顔が、淫靡な期待に輝いている。

沙蘭は唇を噛み、そろりと自身の衣に手をかけた。

する……とかすかな絹鳴りの音がして、衣が肌を滑り落ちる。

足元にたぐまった衣を跨いで、沙蘭は一糸《いっし》まとわぬ体を寝台に運んだ。

男ふたり分の体重に、ぎしっ……と軋る音。

「ほう」

自分に跨った裸体の沙蘭を見て、火竜が満悦と感嘆の声を上げる。

「もっと恥じらうかと思ったが……意外に思い切りがいいな」

賞賛する口調の火竜の顔を、四つに這った姿勢で覗き込んだ。

「あなたはわたしにとって……一番大事な人ですから」

――だからあなたにとっても、一番大事な、一番愛しい人間でありたい。誰にも劣らぬくらいに
……。

天風に一瞬感じた嫉妬心を、沙蘭は胸に秘めたつもりだった。だが勘のいい火竜は、どうやら察してしまったらしい。尻の丸みを撫でられながら、可笑しそうに笑われる。

「来い、沙蘭」

促す声が、体の下から聞こえる。

「俺の目に、お前の素裸の欲望を晒せ」

「……はい……」

沙蘭は唇を嚙みしめ、震えながら膝で歩き、寝台の枠飾りに手を突く。

そしてそろりと、男の顔の上に、腰を降ろしていった。


幾重にも重なる紗の帳が、微風に揺れる。

「ん……うん、ふ……んん……」

男の顔の上でぴんと反った背筋をくねらせながら、沙蘭は自分の体が松明になったかのように感じた。

淫らな炎に、我が身を焦がす松明だ。轟々と音を立てて燃え上がり、灼熱の焔《ほのお》で近寄る者みな焼き尽くしてしまう、罪深い体。

「美しい……」

沙蘭の体が垂らす滴を舐めていた火竜が、陶酔したように呟く。

「お前は美しい、沙蘭。誇り高く凜とした姿も、こうしてすべてを投げ捨てて乱れる姿も——」

妖しく囁いた舌が、裏筋を辿る。まだ残る羞恥心と、裏腹に湧き上がるばかりの陶酔感が、互いを高め合い、背筋を駆けあがってくる。

「俺を殺したかったのか？」

男の唾液に濡れた蕾に、指が突き立てられる。真下からずぶりとめり込んでくるそれに、「あ」と声が上がる。

「答えろ、沙蘭……お前は、本気で俺を殺すつもりだったのか……？」

「……ッ……」

「答えないと、ここにモノはやらん」

中の秘壺を突き上げられた瞬間、脳髄が痺れた。だが、淫らに熟れた体は、とてもそればかりの刺激では、絶頂までは導かれない。

物足りない思いを抱えて、上りかけた高みから、引きずり降ろされる。

「このまま、指と舌だけで涸れるまで果てさせてやる」

「……い、いや……！」

それではただの排泄《はいせつ》行為だ。男の楔で中を深く掻き回されなければ、もう沙蘭の体は満たされなくなっている。そしてそのことを、火竜はよく知っている。

「なら、答えろ」

ずるりと、指が引いてゆく。このまま沙蘭が口を閉ざしていれば、おそらく、指での慰めすらも与えられなくなるだろう。

淫靡な拷問は、だが効果絶大だった。沙蘭は飢え渇く思いにこくりと喉を鳴らし、涎を垂らさんばかりの勢いで答えていた。

「……殺したかった」

眼下の青い目を覗き込みながら告白する。

「心から、この手で、あなたを殺したかった――」

「そうか」

火竜は落胆するでもなく、平然としたものだ。むしろその表情は、嬉しげですらある。

「そんなに俺が憎かったか――」

「違う！」

沙蘭は叫んだ。伝わらない心がもどかしい。いや、伝わっているはずなのに、とぼける男が憎らしい。

「違う違う違う――！　わたしは……他の誰にも、あなたを渡したくなかっただけだ！　あなたを、違う誰かの手に掛けさせたくなかっただけだ！」

「沙蘭――」

「あなたを――あなたを全部残らず、わたしのものにしてやりたかっただけだ……火竜……ッ……わたしの火竜……！」

わたしの火竜。十歳からのわたしの人生を、残らず乗っ取ってしまった身勝手な暴君。この天蘭の高位貴族として、平穏な人生を送るはずだったわたしを、こんなに淫らで恥知らずな男妾にし遂げてしまったひどい男――。

そしてわたしを、目に見えない桎梏から解放してくれた、救い主――。

「誰にも渡したくなかった……わたしをこんなにした以上、あなたには、ずっとわたしだけのもので居て欲しかった――」

体の疼きに押されるように、告白する。

「あなたを、わたしだけのものにしたかった――火竜……火竜……」

「馬鹿だな」

嬉しげな声が、股間から聞こえる。

「そんなことをしなくても、俺はとうにお前のものだったのに」

「――火竜……」

「あの葡萄棚の下で出会った……あの日あの時からな――沙蘭……」

とどめのように、先端のぷつりと硬い窄まりを吸い上げて、火竜は舌を鳴らした。

「美味だ」

「――っ、馬鹿っ……！」

「もっとお前をくれ、沙蘭――今度はお前が、下の口で俺を呑むんだ」

動けないくせに、火竜は口先ひとつで沙蘭を操る。今の沙蘭が、快楽欲しさにどんな恥ずかしい命令にでも従うと知っているのだ。

男の体を覆う上掛けをめくる。

たくましく張った胴に、厚く巻かれた布。竹林と梅林の手で縫合された傷は、すでに癒着し始めているそうだが、無理なことをすればまた開きかねない。

「――大丈夫だ」

火竜が、安堵させるように、沙蘭のおくれ毛を梳きながら促す。

「大丈夫だ。死にやしない……大丈夫だから、早く……沙蘭……！」

火竜の声も、渇望に掠れている。

沙蘭は喜びに満たされた。お互いが、お互いを欲しいと感じている。もう自分だけが……と恥じる必要はないのだ。

「早くお前をくれ――沙蘭……俺の沙蘭……」

切羽《せっぱ》詰まった声に、沙蘭は焦る。早くこの男を満たしてやりたい。その一心で、すでに天を突いて屹立していたものを、男の指で淫らに開花した蕾に宛てがう。

「ああ……っ」

腰を沈めると、感じ入った声を放ったのは意外にも火竜のほうだった。男の腰が跳ね、厚い胸が反る。

「ああ、いい……沙蘭……」

「……っ、か、火竜……」

男のものを半ばまで呑み込んだ状態で、沙蘭は目を瞠った。こんなに快感を露わにする火竜など、初めて見る。

（――まるで、わたしのほうが……この男を犯しているみたいだ）

「沙蘭……っ、ああ、沙蘭……」

男が胸を波打たせて喘いでいる。その乳首がはちきれんばかりに実っているのを見て、知らず、沙蘭は喉が鳴った。

この体を、あちこち弄りまわしてみたい。この男との、少なくない回数を重ねた情事で、そんなことを感じるのは初めてのことだった。

「火竜……」

そろりと這わせるような手つきで、男の胸に触る。

「うあっ……」

ころりと丸く膨らんだ粒を指で摘まんだ瞬間、その腰が跳ねた。

「う、っ……！」

下から突き上げられる形で、沙蘭は男のものを根本まで体の中に納める。はちきれそうに苦しくて、呻吟《しんぎん》するその体が、馬に乗った時のようにゆらゆらと上下した。

火竜の腰が、喘ぐように波打っている。もどかしげに、左右に身を捩ろうとする動きを、沙蘭はとっさに制止した。

「駄目、火竜――。あなたは動いては……！」

「沙蘭……だが、このままでは達《い》けそうにない……」

いつも巧みで激しい腰使いで沙蘭を翻弄する火竜にしてみれば、自分が動けないこの姿勢は、さぞもどかしいだろう。沙蘭の中に入っている感覚が鮮烈なだけに、余計に――だ。

「大丈夫……わたしに任せて」

沙蘭は今にも傷を顧みず動き出しそうな男を宥めた。

「沙蘭……」

「ちゃんと達かせてあげるから……あなたは動かないで」

妖しく囁いてから、まさか、わたしのほうからこんなことを言う日が来るとは——と可笑しくなり、クスリと笑ってしまう。

本当に、この男のために、どこまで堕落させられてしまったのか。少しばかりの怨みを込めて、沙蘭はしたたかに腰で円を描き始めた。

男の充溢したものが、沙蘭の腹の中で捏ね回される。

「く……、沙蘭……っ」

感じ入った声を上げた火竜が、厚い胸を撫でている沙蘭の両手首を摑みしめた。

沙蘭もまた、手首を返し、男の手を握り返す。

ふたりは向かい合い、両手を繋ぎ合う格好になった。まるで花園で戯れ合う恋人同士のように。

「火竜……ああ、熱い——熱いッ」

「沙蘭……俺の沙蘭……ッ」

火竜の声が、嗄《か》れているのが嬉しい。その体が、快楽に耐えかねて波打つように蠢いているのが嬉しい。自分がこの男を感じさせているのだと思うと、身の内の何かが、枯れ果てた荒地に雨が降るように、素晴らしく満たされてゆく——。

この男はわたしのものだ。同時に、わたしもこの男のものだ――。

「達って、火竜……！」

腿の力を精一杯使っての締め上げに、火竜は「うっ……！」と苦しむような声を上げて、尻と背を浮かせる。

荒野を飛ぶ鷹のように飛翔する瞬間、ふたりは固く手を握り合い、高く極めた空から堕ちたあとも、それを離さなかった。


闇の暗闇に、灯火がひとつきり灯っている。

「これからも……戦いは続くのですね」

裸体のまま、男の胸に顔を伏せて、沙蘭はぽつりと零した。

「ああ」

火竜もまた、愛してやまない黒髪を撫で、そのつむじに口づけながら囁く。

今回の叛乱の背後には、華帝国の手が蠢いていた。かの国にとっては、沙海諸国は小国に四五分裂して、互いに争い合っているほうが都合がいいのだろう。おそらく今後も、何らかの形で火竜の身命を狙ってくるに違いない。あるいは大軍団を擁して、全面戦争を仕掛けてくるか――。

（かの大帝国を完全に敵に回すとなれば――長く困難な戦いになるに違いない）

それは犠牲と裏切り、卑劣な陰謀に満ちた修羅の道となるだろう。今もすでに傷だらけのこの男が、さらに傷を受けて死の苦しみを味わう日が来るかもしれない――。

黙然と考え込んでいる沙蘭の肩を、火竜の手が包み込む。

「沙蘭……俺は負けない」

この先、華帝国がどのような企みを計ってこようと、決して負けることはない、と男は宣言する。

「なぜなら、俺が負けないと決めたからだ」

「……ッ」

目を瞠った瞬間、軽く引き寄せられ、チュッ、と唇を啄ばまれる。

「俺は負けない。国力の差ゆえに、他国の意思に左右される運命から、必ずこの沙海を解き放つ。杏樹や……お前の母のような者を、ふたたび出さないために、戦い続ける」

男の指が、沙蘭の後れ毛を梳く。

「だから沙蘭――俺と共に生きてくれ」

甘い、だが決然たる囁き。

「俺には、お前が必要だ」

そう告げる男のまばゆさは、目を開けられないほどだ。

沙蘭は胸を詰まらせた。涙が溢れ、滴り、それを拭う手が濡れそぼった頃。

「はい……はい、火竜。あなたと共に――」

ようやくの思いで、沙蘭は声を絞り出した。

――わかっている。

この男は今、わたしを永遠に閉じ込めたのだ。その瞳の奥の、蒼穹色の牢獄に。

そしてわたしは、その昏い、修羅の褥で、この男だけを求め続けるだろう――。

沙蘭は両腕を伸べ、横たわる男を抱きしめる。

「あなたを愛しています。火竜――」

夜明けの曙光を浴びて、気の早い鳥たちの声が、口づけを交わすふたりを祝福するように、響き始めていた。


文字による豊潤《ほうじゅん》な記録文献を持つ華帝国に比して、小国家が乱立し、短期間に興亡を繰り返した沙海諸国の歴史は、必ずしも詳《つまび》らかではない。

沙海随一の繁栄を誇った天蘭も、建国五百年ごろ、地殻変動により昌海の水が涸れたことによってその役目を終え、いつしか人々の記憶からも消え去り、今は沙漠の中の廃墟と成り果てている。

そこに生き、そして死んでいった人々の名も、すべてが失われた。

しかし帝国末期、王朝の終焉《しゅうえん》を早めさせたほどに華国を圧迫し続けた王と、その宰相として険しい覇道を支え続けた寵臣の名は、華帝国の史書に、憎悪を込めて記されている。

火のような色の馬に乗る、竜の如き猛き男。火竜王。

沙漠に咲く花のごとき佳人。沙蘭――と。

楽園にて

——ある朝のことだ。

沙蘭《さらん》は褥《しとね》の上で身じろぎ、男の体の重みを逸らした。

沙蘭の現在の主君にして、沙海《さかい》一円を統べる王者・火竜《かりゅう》王は、うつ伏せに体を伸ばして、太平楽な顔で眠っている。昨夜もまた、この男は、例によって臣下の家——現在は沙蘭が家長である天蘭宰相《てんらんさいしょう》家に行幸……というより、いきなり身ひとつで押しかけてきて、晩餐《ばんさん》をたっぷりと馳走《ちそう》になり、それからひと晩、寵臣である沙蘭の寝台で過ごした、というわけだ。

宰相家の家人たちはもう、この型破りな王の突飛さにも、自分たちの家長との関係にも慣れきっていて、どんなに予告なしに現れても、接待の手順も馳走の用意にもぬかりはない。それは心強いことではあるのだが、沙蘭にとっては、隅々まで怠《おこた》りなく整えられた寝台に、普段は並ばない枕がふたつ置かれているのを見るのは、なかなかに毎回、精神的な拷問だった。

だが元々、「恥ずかしい」という感覚が磨滅《まめつ》している火竜にとっては、そのようなことはどうでもよいらしい。花の香りがするその寝台にどっかりと腰を降ろして、満悦の表情で沙蘭を「来い」と手招くのだ。

——来い、沙蘭……。

そして、浴室で磨き上げたばかりの沙蘭の体からうすものを剝《は》ぎ取り、愛欲を満たしにかかる。

——火竜……ああ……。

沙蘭もまた、生まれたままの姿でそれに応え、睦言《むつごと》に男の名を呼ぶ。

今現在、火竜王に仕える文官団の頂点である宰相位にある沙蘭は、君臣のけじめを重んじて、王宮では火竜を「陛下」と呼んでいる。火竜はどうやらそれが不満らしいのだが、沙蘭は頑《がん》として譲らない。

その代わりに——こうして私邸で過ごす時だけは、沙蘭も火竜の我儘《わがまま》を受け入れる。主君でも臣下でもない、ただの恋人同士として、ひと晩たっぷりと愛の時を過ごす。

それは火竜の不満を宥《なだ》めるのと同時に、沙蘭の疲れを癒《い》やすひと時でもある。

「もう、欲しがっているのは、あなただけではないのですよ——火竜」

眠る男の顔を指の背で撫《な》でて、沙蘭は囁《ささや》く。

——あれから、一年。

火竜と沙蘭は、蜜の海を泳ぐような愛欲の日々を過ごしている。その一方で君臣としては、大胆な改革者である火竜と、どちらかといえば保守的で、急進的な変化に懐疑的な沙蘭とは、政治的な意見を異にすることも多いが、互いの凹凸が不思議に上手く嚙《か》み合い、その治世は順調だった。清廉な沙蘭は、やや頭が固いところはあるものの、王の私的な寵愛をいいことに専横に走ることもなく、統治者としての評判も民衆の人気もすこぶるよい。

——幸せだ……。

少しばかりの痛みと共に、沙蘭は思う。そして今も、男の脇腹に歴然と残る傷痕を見て、唇を嚙んだ。

自身の誇りにがんじがらめで、愚《おろ》かなことばかり繰り返してきた自分が、これほど幸せでいいのだろうか――。

決して浅くはなく、歪《いびつ》な新月の形にえぐれた痕を、つつ……と指でたどる。

するとぴたりと閉じていた火竜の瞼《まぶた》が、ひくひくと動き始めた。

「ん……沙蘭……？」

火竜が目を、ぼんやりと開く。

蒼穹の青が、沙蘭を見つめる。

「……どうして……泣いているんだ……？」

自分でも気づかぬうちに、沙蘭は涙ぐんでいたらしい。慌《あわ》てて目を拭おうとした手を、男に止められた。

裸体のまま寝そべる男に、抱き寄せられる。そしてその唇に、ちゅっ、ちゅと涙を吸い取られた。

「どこか体がつらいか……？　昨夜は、あまり加減してやれなかったから――」

あなたが加減してくれた例《ためし》などないでしょう、と皮肉を言いかけて、沙蘭は口を閉ざし、首を振る。

火竜はこれで、意外に傷つきやすいのだ。ことに沙蘭が辛辣《しんらつ》な態度を取ると、笑って受け流しているように見えて、内心深く傷ついていることがある。少年期を過ごした温かな家庭から、いきなり引き離されたつらい経験が、まだ尾を引いているのかもしれない。

もう二度と、この男を傷つけたくない。もう決して傷つけない――と、沙蘭は心の中で誓いを新たにした。

「昔のつらかったことを思い出してしまって……」

男の胸に身を重ねながら、甘い声で囁く。

「でも今は、こんなにも幸せだ……と噛みしめていました。火竜――」

自ら唇を重ねに行くと、火竜は手を添えて、抱き寄せてくれる。

「ん……ん……」

打ち重なり、乱れた褥に包《くる》まって、体の上下を入れ替える。

「愛している――俺の沙蘭……」

重なる肌。穏やかな鼓動。

「火竜……わたしも、あなたを……」

そうしてふたりは、王の不在に気づいた天風が、呆《あき》れ顔で迎えに来るまで、思うさま愛の時を過ごすのだ。

楽園のような、この褥の中で――。

あとがき

ＢＬ《ボーイズラブ》をこよなく愛する素晴らしき世界の皆さま（↑以前のと少し変えてみました）。ごきげんよう。高原《たかはら》いちかです。

さて今回は歴史風ファンタジーですが、東でも西でもない、その狭間を結ぶ世界のお話となりました。現実世界にモデルがあるとしたら、いわゆる「オアシスの道」が通る中央アジア界隈でしょうか。高原より上の世代は好きなんですよね、シルクロード……。

なので人種も雑多というか、受けの沙蘭《さらん》はたおやかな中華風美人《オリエンタル・ビューティー》、攻めの火竜《かりゅう》は碧眼の複雑な混血イケメン、という設定になっております。どういうわけか人間は、民族の往来が激しく、混血が進んだ地域ほど美男美女が生まれやすいそうでして、そういう意味では沙海のような場所はＢＬの理想郷とも言えますね。何てったって登場人物が全員美形でも不自然じゃない！（笑）

しかし美形があふれかえっている世界のＢＬって、作者にとっては逆に描きにくいんだと今回実感しました。だってまわりが美形ばっかりだと攻めの目が肥えてしまって、受けが中途半端な美貌じゃ話が転がってくれないですから（特にひと目惚れで始まる話だと）。

なので今回、受けの沙蘭が「美形ばっかりの世界ですら頭ひとつ抜けた美形である」ということを示すために、攻めの火竜に何度も何度も「美しい沙蘭」と繰り返してもらいました。受けが自分で自分の容姿を絶賛するわけにいきませんからねー。それに値する、美しくも淫らかわいい受けを描いて下さった幸村《ゆきむら》先生に感謝です。

そうそう、作中登場人物の名について解説しておきます。「火竜」「沙蘭」「天風《てんぷう》」等、沙海人の名も漢字で表記されていますが、これ実は「華帝国側の史書に表記された名であって、本名ではない」という裏設定になっています。「火竜」は正確には「沙海地方の言語で『火の竜』という意味の名を持つ男」であって、その名の正確な表記も発音も、現在では推定するしかない――という感じです。これは「一時は交易によって隆盛を極めながら、その後自然環境の変化などで文明や記録が途絶えてしまった土地」の話として本作を構想したからです。その浪漫と儚さに胸が疼くという方は、高原と話が合うと思います(笑)。

末文ながら、今作を書くに当たってお世話になった、すべての方々のご健康とご多幸をお祈りいたします。本作を読んで下さって、ありがとうございました。

平成二十七年六月末日

高原いちか　拝

この本を読んでの
ご意見・ご感想を
お寄せ下さい。

〒151-0051
東京都渋谷区千駄ヶ谷4-9-7
(株)幻冬舎コミックス　リンクス編集部
「高原《たかはら》いちか先生」係／「幸村《ゆきむら》佳苗《かなえ》先生」係

リンクス ロマンス

蒼穹の虜

2015年6月30日　第1刷発行

著者……………高原《たかはら》いちか
発行人…………伊藤嘉彦
発行元…………株式会社　幻冬舎コミックス
〒151-0051　東京都渋谷区千駄ヶ谷4-9-7
TEL 03-5411-6431（編集）
発売元…………株式会社　幻冬舎
〒151-0051　東京都渋谷区千駄ヶ谷4-9-7
TEL 03-5411-6222（営業）
振替00120-8-767643
印刷・製本所…共同印刷株式会社
検印廃止

万一、落丁乱丁のある場合は送料当社負担でお取替致します。幻冬舎宛にお送り下さい。本書の一部あるいは全部を無断で複写複製（デジタルデータ化も含みます）、放送、データ配信等をすることは、法律で認められた場合を除き、著作権の侵害となります。定価はカバーに表示してあります。

©TAKAHARA ICHIKA, GENTOSHA COMICS 2015
ISBN978-4-344-83468-2 C0293
Printed in Japan

幻冬舎コミックスホームページ　http://www.gentosha-comics.net

本作品はフィクションです。実在の人物・団体・事件などには関係ありません。